Solo recordarle a todas esas mujeres que han sufrido cualquier tipo de agresión que NO SON CULPABLES.

<u>PRÓLOGO</u>

Este libro está basado en hechos reales. Narra un momento crucial en la vida de una joven, un momento muy duro con todas las consecuencias.

En este libro se puede ver como un hecho que duro escasamente una hora transformó la vida de una joven para todo su vida, ocasionándole mucho dolor y secuelas que la llegaron al punto de ella no saber si realmente era la víctima o el verdugo de esta historia.

Aunque al leer el libro está claro que ella es la víctima, el problema es que ella misma no tiene muy claro que pensar o que sentir. El dolor nubla su razón, el dolor nubla su juicio, el dolor nubla su propio ser.

6

CAPITULO 1- EL PUEBLO

Esta historia transcurre en un pequeño pueblo gallego, de unos tres mil habitantes. Es un pueblo de orígenes marineros que poco a poco fue cambiando hasta que en la actualidad depende casi por completo del turismo.

Siempre había sido un pueblo muy tranquilo, con unas hermosas playas, rodeado por montes, pequeñas casas y personas muy tranquilas, aunque hay que reconocer, muy cotillas, pero supongo que eso suele pasar en todos los pequeños pueblos en los que todos se conocen. Nunca había ningún problema, quizás alguna pequeña tontería, realmente nada importante, pero no se sabe aún el porqué, en los últimos tres años habían empezado a cambiar las cosas, las pequeñas tonterías de antes, ahora ya no eran tan pequeñas y el tráfico de drogas estaba

cogiendo cada vez más fuerza con todos los problemas adyacentes que esto acarreaba. Peleas callejeras, ajustes de cuentas, robos, etc..., esto estaba llevando a las personas del pueblo a comenzar a tener miedo a salir de noche por la calle, no sabías lo que te podías encontrar, algo que en este pueblo jamás se podrían ni tan siquiera imaginar que llegarían a esta situación, como se creía al principio, estas cosas solo pasan en la gran ciudad.

Dado el crecimiento de los delitos fue necesaria la creación de un nuevo departamento policial en el pueblo, aparecían los primeros policías judiciales, con la única intención de poder frenar la oleada de delitos.

El caso que llamó más la atención de los policías judiciales fue el de una violación, que aunque no había sido en el mismo pueblo, fuera en el pueblo vecino, y realmente era el primer caso conocido de esta magnitud en todo la comarca. En cuanto pudieron se pusieron manos a la obra y comenzaron la investigación del caso, aunque lo que no se podían ni imaginar a donde les llevaría…

10

CAPITULO 2- DURANTE LA INESTIGACIÓN

La investigación de la policía judicial buscaba a un hombre que conociera a la persona y que en principio creían que podría ser una especia de amor frustrado, pero mientras buscaban desesperadamente a esa persona, algo sorprendente y a la vez terrible ocurrió.

El violador había vuelto a atacar y esta vez en el pueblo, aunque había cosas que resultaban diferentes en los dos casos muchas otras apuntaban a que había sido la misma persona.

En el primer caso todo había ocurrido en el domicilio de la víctima, de noche, había sido atada, atacada con la alcachofa de la ducha, le había echado agua fría por encima para borrar sus posibles huellas y restos de cualquier tipo y finalmente le robó el móvil para que no pudiera pedir ayuda, en el segundo había cambiado cosas pero en el fondo el modo soperandi era el mismo.

La segunda víctima había sido atacada no en su domicilio sino en el bar en el que trabaja, en una hora en la que no había ningún cliente, las llamadas horas muertas, y en el momento en que su compañero se había marchado a casa a descansar, aunque eso diferenciaba mucho los casos el resto de los sucesos ya era, en cierta manera, bastante más parecidos.

Aunque en ningún momento apartaron el primer caso, se volcaron de una manera muy especial en este segundo caso dado la gran violencia y la crueldad del asunto, dando a entender que los inicios de la investigación estaban equivocados en cierta medida, es decir, no era un amor frustrado como habían pensado al principio, era algo más profundo, pero estaba clarísimo que los dos casos estaban unidos, ya que para hacerlo aún más retorcido las dos personas tenían algo en común, habían estado casadas con el mismo hombre.

14

CAPITULO3- CASO PRIMERO

Dada la dificultad del caso, uno de los sargentos de la policía judicial de la capital de la provincia vino al pueblo para ayudar a resolver el caso. Para ponerse al día se puso a leer todos los documentos que estaban recogidos en el archivo del caso.

Primera víctima declaración

Eran alrededor de las doce de la noche, la víctima se encontraba en la habitación de su domicilio viendo la televisión tumbada en su cama, así al terminar la serie se pondría a dormir. Cuando de pronto un extraño ruido llamó su atención, parecía como si se hubiera caído algo de alguna de las estanterías del salón, en un primer momento la víctima pensó que haber sido un ratoncito de campo ya que vivía al lado del monte y era muy común encontrarlos por la casa, por lo que decidió no hacerle caso continuó viendo su serie mientras pensaba que mañana tendría que recoger lo que hubiera caído he ir a comprar pegamento para hacer unas trampas para el ratoncillo. Nuevamente otro ruido llamó su atención, esta vez sí que la asustó porque había sonado como si alguien tropezara, intentando mantener la calma se levantó de la cama y fue hacía la puerta de su habitación, cuando la abrió se encontró con su agresor de frente, tenía la cara tapada con un pasamontañas, la empujó hacia el interior de la habitación y la empujó cayendo sobre la cama, la obligó a que se sacara las bragas e introdujo la alcachofa de la ducha en su interior, la víctima pidió auxilio pero nadie la escuchó porque sus vecinos no están muy cercanos, una vez terminó la obligó a levantarse y la llevó al cuarto de baño, la empujó hacia el interior de la ducha y le echó agua fría por encima, al terminar le cogió el *móvil y se marchó. Pasado un tiempo fue a casa del vecino más cercano y pidió auxilió siendo en ese momento donde la guardia civil y la ambulancia llegó.*

<u>*Informe policial*</u>

Aproximadamente la una y media de la madrugada recibimos una llamada de auxilio y nos pusimos en dirección, mientras unos compañeros llamaban a la ambulancia.

Cuando llegamos al lugar de los hechos nos encontramos con la víctima claramente asustada, aunque en un principio no se le miraba ningún tipo de herida, tomamos declaración a la vecina mientras llegaba la ambulancia, una vez que los ats de la ambulancia recogieron a la víctima y la llevaron al hospital nosotros nos dirigimos a escenario del crimen para poder coger todos las pruebas posibles, también vinieron los compañeros de la policía científica para poder recoger las mayores pruebas posibles. En el escenario se encontraban señales de forcejeo, en cuestión de media hora llegaron los de la científica y ellos empezaron a embolsar todos las pruebas, entre las que se encontraban pelos, la alcachofa de la ducha y pequeñas muestras por si hubiera dejado alguna prueba de adn el agresor. Sin más nos dirigimos al hospital a ver como se encontraba la víctima y a la espera de recoger el informe forense.

<u>Informe forense</u>

La víctima muestra un estado de ansiedad muy normal dada la situación, algunas marcas de sujeciones en las manos un par de marcas a la altura de los hombres que se corresponden con el hecho del empujón que ella nos narra y en la zona vaginal se encuentran pequeñas lesiones que claramente muestran la violación, *pero no hemos encontrado ningún tipo de adn en ella.*

<u>*Primeras conclusiones e hipótesis*</u>

En un principio sabemos que el agresor iba con un pasamontañas y dada la nula aparición de adn supones que iba con guantes para no dejar ninguna prueba, No podemos saber cuánto tiempo llevaba el agresor dentro de la casa pero supones que el primer ruido que la víctima escuchó puso ser él que tirara con algo y el segundo ruido que fuera en el baño cogiendo la alcachofa de la ducha.

Consideramos un hecho claro que el agresor conocía a la víctima, incluso puede ser un ex, o un alguien que ya estuviera en su casa, ya que también nos queda claro que conocía la casa.

Una vez que el sargento terminó de leer todos los informes del primer caso necesitó ir a tomar el aire, no se creía que hubiera pasado esto aquí, era la primera vez que algo tan grave había ocurrido en la comarca, y lo peor es que no era el único caso aún le quedaba leer todos los informes del segundo caso.

CAPITULO 4- SEGUNDO CASO

Después de haber tomado aire, un café y fumarse tres pitillos para relajar los nervios, el sargento entro nuevamente en la oficina y se dispuso a leer el segundo caso.

Segunda víctima, declaración

Era el día de las elecciones del pueblo, la víctima se encontraba en el local en el que trabajaba, rondaban las tres de la tarde y su compañero de trabajo se había marchado a descansar, quedándose ella completamente sola en el bar, además a esa hora no solían tener gente, palabras textuales, es una hora muerte en el bar.

Dado que estaba sola se puso a limpiar el local, estaba lavando alguna loza en el fregadero, ya que el lavavajillas no funcionaba, cuando sintió a una persona a su lado que le puso una pistola en la sien, la guio para que cerrara la puerta del bar y la verja, dando a entender que el establecimiento estaba cerrado, después la volvió a llevar hacía el interior de la barra.

Una vez allí la golpeó con una copa dejándola en el suelo en un estado de seminconsciencia, después la ató con celo las piernas y le bajo los pantalones y las bragas con la intención de violarla, pero como la víctima estaba con la regla le dio mucho asco, con la intención de limpiarla le tiró agua hirviendo de la cafetera por encima de sus partes y después cogió una botella de cerveza del propio bar y se la introdujo repetidas veces en su vagina, ocasionándole un gran dolor, después introdujo en su interior la pistola para darle más miedo, le volvió a tirar más agua de la cafetera e introdujo nuevamente la botella de cerveza en su interior, después la víctima perdió el conocimiento, y recuerda ligeramente ver como el agresor se marchaba y escuchar el teléfono sonar.

Informe policial

Alrededor de las cuatro y media de la tarde, recibimos una llamada informando de una agresión en un establecimiento del pueblo, automáticamente nos pusimos en dirección, cuando llegamos nos encontramos a la víctima sentada en una silla y estaba uno de sus hijos con ella que había sido el que la había encontrado junto con un señor al que el propio niño había pedido ayuda, la víctima se encontraba en estado de shock, no respondía con claridad.

Al poco tiempo llegaron algunos miembros de la familia y la ambulancia que la llevó *automáticamente para que le vieran sus heridas.*

Una vez marchó la ambulancia revisamos todo el local, había un gran número de pisadas, el suelo de la barra estaba completamente mojado, había restos de cristales que parecían de alguna copa, restos de cinta mojada y una botella de cerveza en el suelo.

La dificultad del caso, era el gran número de huellas que se podrían encontrar y restos de adn, ya que era un bar muy céntrico.

Finalmente tomamos la decisión de precintar el local, y en los siguientes días seguir buscando más pruebas, tanto nosotros como los de la policía científica.

Después nos pusimos en dirección al hospital para ver el estado de la víctima.

La víctima llegó en un estado de pánico muy alto, solo pedía poder volver a su casa y en un principio ponía una gran dificultad de ser tocada. Poco a poco logramos calmarla y que nos dejara revisarla, tiene quemaduras en la zona de los muslos y de los tobillos debido al agua hirviendo que el agresor le tiró encima, estas quemaduras deberán ser atendidas a base de curas durante varios días, en su vagina aparecen heridas internas que perfectamente concuerdan con la introducción de la botella de cerveza, además también tenía algo escrito en el brazo izquierdo, a lo que fue preguntada la víctima si sabía de lo que era y ella dijo que no tenía conocimiento ni recuerdos pero sabemos que no fue con anterioridad de la agresión, así que fue el propio agresor quien lo hizo, lo que sucede es que no fuimos capaces de descifrar lo que decía debido a que la propia víctima con el nerviosismo lo fue borrando.

Como último punto informar que no hemos encontrado ningún tipo de resto de adn, debido seguramente al agua hirviendo que le echó por encima.

Primeras conclusiones e hipótesis

Una vez visto y revisado el escenario del crimen, tomada declaración de la víctima y leído el informe forense, nos queda completamente claro que fue una persona conocida y que está vinculado al primer caso ocurrido recientemente.

Dada la gran violencia de este segundo caso, notamos una gran evolución, dando a entender que el primero fue una forma de prueba y que en este segundo ya estaba pleno de confianza.

Además, viendo que las dos víctimas estuvieron casadas con el mismo hombre deja muy claro la vinculación de los dos casos, al igual que el modo soperandi.

Una de las conjeturas que afrontamos es que alguien quiera hacer daño al ex marido de estas mujeres y la esté tomando con ellas al no poder enfrentarse directamente con él.

La segunda conjetura que trabajamos es que el agresor conociera a las víctimas a través del ex marido y que por algún motivo siniestro les gustara y quisiera tenerlas de alguna manera, aunque viendo la gran diferencia física de las dos mujeres consideramos esta como la conjetura más débil.

Tercera y última hipótesis, es que el ex marido de las víctimas contratara a alguien para que hiciera daño a sus exmujeres con la *intención o de recuperarlas o de hacerles simplemente daño.*

Hemos revisado también las cámaras de los alrededores y si se ve una gente pasar pero la posición de las cámaras no deja entrever nada con la claridad suficiente.

Una vez que el sargento terminó de ver el informe del segundo caso acabó casi con las lágrimas en los ojos, le resultaba demasiado cruel que alguien pudiera hacer lo que había leído, y además, moralmente no entendía como simplemente alguien era capaz de causas semejante dolor a alguien sin ningún motivo.

CAPITULO 5- ENTREVISTANDO A LA PRIMERA VÍCTIMAS

Aunque el sargento había leído con gran detenimiento todos los informes de los dos casos quiso entrevistar de una forma más personal a las dos víctimas. Quería saber si recordaban alguna cosa más y, sobre todo y tal vez lo más importante saber cómo se encontraban y que clase de secuelas o tratamiento tenían que llevar.

Se dirigió a la vivienda de la primera víctima:

- Buenos días soy el Sargento Rodríguez, podemos hablar un momento.

- Por supuesto, pase sargento.

- Es muy amable, pero puede llamarme Miguel

- Muy bien Miguel, puedes llamarme Leila.

- De acuerdo.

- Cual fue el motivo para venir aquí, ha sucedido algo, o es que ya saben quién fue el que me hizo aquello.

- Desgraciadamente no puedo decirte quien fue el que le hizo eso, pero si puedo garantizarte que no pararé hasta que logre descubrirlo.

- Te lo agradezco, entonces que es lo que has venido a buscar.

- Sinceramente vine por dos cosas. La primera y la más importante es saber cómo estás, que tipo de secuelas te ha provocado la agresión y que tratamiento has tenido que tomar.

- Bueno, no sabría que decirte de como estoy, tengo miedo de estar en mi propia casa, no soporto estar sola, referente a tratamiento no estoy tomando nada a mayores, lo único que estoy yendo más habitual al psicólogo.

- Poco a poco irá recuperando la seguridad estoy seguro.

- Eso espero y cuál era la otra cosa.

- Pues saber si recuerda alguna cosa más de lo que ocurrió aquel día.

- Ya les conté todo lo que recordaba.

- Estás segura que no recuerdas nada más Leila.

- Sí, estoy segura, además si te soy cien por cien sincera lo único que hago es intentar olvidarlo.

- Te entiendo, siento haberte recordado todo y también me disculpo por molestarte, en ningún momento es mi intención.

- No me molestas, pero siento mucho el no poder ser de mayor ayuda.

- No te preocupes, lo encontraremos.

- Eso espero.

- Bueno, no te molesto más, me voy, cuídate mucho y cualquier cosa toma, te dejo una tarjeta, si recuerdas algo, si necesitas algo no dudes en llamarme.

- Muchas gracias, lo haré.

-Hasta luego.

- Hasta luego.

El sargento salió de la casa de Leila con una lástima en su corazón, él era una persona muy sensible y ver el dolor en los ojos de Leila le había roto el corazón, escogió esta profesión para poder detener a todos los delincuentes y así poder evitar posibles agresiones a otras víctimas, y al mismo tiempo evitar dolor.

**34

CAPITULO 6 – ENTREVISTANDO A LA SEGUNDA VÍCTIMA.

Para poder hablar con la segunda víctima no fue a su casa, sino se dirigió al lugar de los hechos ya que era el puesto de trabajo de la víctima.

Cuando llegó al establecimiento la vio trabajando detrás de la barra y algo se le removió por dentro.

- Hola buenas, la señorita Susan.

- Sí, soy yo. ¿Quién es usted?

- Soy el sargento Rodríguez, pero llámame Miguel, podemos hablar un momento.

- Sí claro, espera un momento. Lucas, tengo que hablar un momento con el sargento te haces tú cargo del bar.

- Si no te preocupes Susan, habla lo que necesites.

- Miguel, ya sabéis quien fue el que me hizo aquello.

- Siento mucho tener que decirte que no, de momento no sabemos nada, tenemos algunos sospechosos pero nada más.

- Entonces para que estás aquí.

- Bien, estoy aquí por dos motivos principalmente. En primer lugar quería saber cómo te encontrabas, si tenías alguna secuela y que tipo de tratamiento has tenido que llevar.

- Para que necesitas saber todo eso.

- En principio por curiosidad, y en segundo lugar para poder incluirlo en los informes y así llegado el momento que el juez o la jueza que lleve el caso pueda saber todo el daño que os ha hecho.

- Esta bien, estuve durante dos semanas, yendo al centro de salud para hacerme las curas de en las quemaduras, sobre todo en las zonas de la entrepierna. Aunque tengo que estar en el bar, porque es el local de mi madre, me cuesta mucho, mire para donde mire recuerdo constantemente lo ocurrido, no soy capaz de olvidarlo ni por un momento, no soy capaz de dormir una noche entera tranquila, cada vez que duermo revivo aquel día, además yo nunca había ido al psicólogo y en este caso no me quedó más remedio que ir. En mi cabeza solo rondan preguntas a la que nunca soy capaz de darle respuesta.

- Si puedo preguntar, ¿Cuál es esa pregunta?

-¿Por qué?, ¿Cuál es el motivo porque me ha hecho eso?, y ¿Por qué yo?

- Entiendo, pero sintiéndolo mucho no creo que jamás le puedas dar respuesta a esas preguntas, además tampoco creo que haya alguna respuesta que te pueda llegar a complacer ya que nada en el mundo podría dar sentido a lo que te ha ocurrido.

- Ya lo sé, pero no puedo evitar preguntármelo. Querías alguna cosa más.

- Si, quería saber si recuerdas alguna cosa más.

- Nada que pueda servir de ayuda.

- Cualquier cosa, por pequeña que sea puede ser de gran ayuda.

- Esto no, lo que recuerdo son mis sensaciones, mi dolor, nada más, aunque no entiendo porque cada vez lo siento aún más.

- Aunque no lo creas es normal.

- ¿Normal?

- Sí.

- Explícate.

- Cuando ocurrió todo tú te quedaste en estado de shock, eso bloqueo parte de tus emociones, ahora que va pasando el tiempo tus emociones van despertando.

- ¿Despertando?

- Si, poco a poco afloran y te hacen volver a sentir todo.

- Pues ojalá que no afloraran.

- La única forma que tienes de superarlo es sintiéndolo y siendo capaz de afrontarlo.

- Eso es lo que dice mi psicóloga, pero es muy fácil decirlo pero hacerlo, no creo que jamás sea capaz de superarlo.

- Tienes que darte tiempo, hace relativamente poco tiempo que ha sucedido todo, además una cosa que te ayudará a superarlo es saber que quien te lo hizo está entre rejas, y aunque no te puedo prometer que lo cogeremos, si te puedo prometer que no pararé hasta que lo encuentre.

- Quieres alguna cosa más, tengo que volver al trabajo que está viniendo gente y necesito tranquilizarme un poco antes de entrar.

- Si   ya me voy, pero toma esta tarjeta, si necesitas cualquier cosa o si recuerdas cualquier cosa no dudes en llamarme.

- Lo haré, muchas gracias por todo.

- De nada y hasta la próxima.

- Hasta la próxima.

Después de hablar con Susan, la segunda víctima, salió muy triste, realmente sentía una gran pena por causa del sufrimiento de ella, la primera víctima lo había pasado mal, pero realmente este segundo ataque había sido mucho más cruel, ella era fuerte pero no tenía muy claro hasta qué punto podría superar lo que le había pasado.

42

CAPITULO 7 – UN NUEVO CASO

Aunque la investigación no había avanzado, no pensaban que las cosas podrían empeorar, cuando una llamada pone a toda la policía en estada de alarma. Un tercer caso había aparecido, pero esta vez una anciana, se estaba volviendo en un violador en serie.

Cuando llegan al escenario de la agresión se encuentran unas personas les están esperando fuera.

- Hola, ¿quiénes son ustedes?

- Hola señores agentes soy Lucas el vecino de la víctima, ella se encuentra en mi casa, esta es muy nerviosa,

- La ambulancia ya debe de estar a llegar. Llevemos a donde está.

- Síganme.

Los agentes siguieron a Lucas hasta el interior de la vivienda y allí se encontraron con la víctima. Se acercaron a ella y…

- Hola ahora viene la ambulancia.

- Muy bien.

- Nos permite hacerle alguna pregunta.

- Si, aunque no creo que pueda ser de mucha ayuda.

- Díganos con sus palabras que es lo que ha pasado.

-Estaba en mi casa durmiendo cuando sentí como una persona me agarraba del brazo, cuando abrí los ojos vi a un hombre con un pasamontañas, me desnudo y me penetro con sus manos, me obligó a levantarme y me sentó en una silla, me ato las manos en la espalda y me preguntó dónde estaba el dinero. Después de que cogió el dinero cogió una botella de vino y me la tiró por encima, después se marchó y me dejó atada. Poco a poco me fui desatando y fui a pedir auxilio a mis vecinos y aquí estoy. Sintiéndolo mucho no le puedo decir nada más.

-Ha dicho suficiente, aquí está la ambulancia, después iremos al hospital a ver como se encuentra.

- Está bien.

El sargento y su compañero fueron al interior de la casa junto a la policía científica mientras la víctima iba al hospital. En la casa encontraron los restos de la botella de vino de la que habló la víctima, numerosas huellas parciales y los restos de la cuerda que hablo la víctima, solo queda esperar si en la botella hay restos de adn.

Tras la revisión completa de la vivienda pusieron rumbo al hospital para ver cómo estaba la víctima y poder hablar con el médico forense. Al llegar al hospital no pudieron hablar con la víctima ya que su hija la había llevado para su casa así que fueron directamente junto al médico forense para recoger el informe que decía:

Informe forense

La paciente se encuentra en un estado alto de nerviosismo y leves lesiones en sus partes íntimas, también muestra daños en las muñecas de las ataduras. Bajo mi experiencia hay pruebas más que suficientes que demuestran una agresión sexual.

Estoy segura de que la paciente necesitara tratamiento psicológico a largo plazo y no creo que lo supere fácilmente.

Después de leer el informe el sargento y su compañero fueron al despacho a dejar todo la documentación y a preguntar si ya estaban los resultados de las pruebas, sobre todo saber si hay restos de adn.

Cuando llegaron y se comunicaron con la policía científica aún no acabaran con las pruebas así que hasta mañana no sabrían nada más, así que se dispusieron a ir a sus casas a descansar.

CAPITULO 8- NOTIFICANDO LAS NOVEDADES A LAS VICTIMAS.

Llegado el día siguiente el sargento llegó al despacho y lo primero que hizo fue llamar a la policía científica.

- Holas buenas soy el sargento Rodríguez quería saber si el resultado de las pruebas de mi caso ya están.

- Muy bien, le envió los resultados por correo, pero ya le comunico que han aparecido restos de adn, lo hemos pasado por la base de datos en vista de violadores o agresores a mujeres y hemos encontrado una similitud de parentesco, estará todo más detallado en el informe.

- Muchas gracias, esto son magníficas noticias. Hasta luego.

- Hasta luego.

En cuestión de cinco minutos el correo ya había llegado, el sargento se puso a leer y fue cuando quedó asombrado con lo que estaba leyendo, el agresor tenía que ver con el exmarido de las dos primeras víctimas. Cuando acabo de leerle se dispuso a hablar con las dos primeras víctimas para informar que existía una tercera víctima, aunque no les informaría de nada más, ya que tendrían que hacer aún muchas investigaciones.

50

<u>CAPITULO 9- VISITANDO A LAS VÍCTIMAS</u>

Suena el teléfono de Leila:

- ¿Quién es?

- Hola Leila, soy el sargento Rodríguez.

- Dime, que es lo que pasa

- Era para ver cuando te podría ir a visitar, necesito hablar contigo.

- Pero paso algo.

- Necesito hacerte algunas preguntas.

- Hoy voy a estar todo el día en casa, si quieres pásate.

- Esta bien, a las cinco estaré en tu casa y hablamos.

Después de haber quedado, colgaron el teléfono y Leila se quedó bastante preocupada, no entendía que era de lo que le quería hablar el sargento Rodríguez, habrían encontrado al que le había hecho aquello, las horas no pasaban…

Llegaron las cinco de la tarde y el sargento Rodríguez tocó a la puerta de Leila.

- Hola Leila.

- Buenas tardes sargento Rodríguez, pase.

- Muchas gracias

- Bien, dime Miguel, que es lo que tienes que contarme.

- Vamos a ver, supongo que habrás escuchado lo que le ha pasado a la anciana.

- Si, lo he escuchado, pero que tiene que ver conmigo.

- Estamos seguros que el que daño a la anciana fue el mismo que te daño a ti y a la otra víctima.

- Está bien la anciana

- Todo lo bien que se puede estar.

- Y sabéis algo de quien es.

- Tenemos algunos sospechosos pero no te puedo decir nada.

- Pero porque, tengo derecho a saber quién me hizo todo aquello, tengo derecho a saber quién ha marcado mi vida de esta manera.

- Si tienes derecho a saberlo, pero a saber quién es, no nombres de posibles. Cuando se sepa quién es te enterarás.

- Está bien, querías algo más.

- Bueno si.

- Dime entonces.

- Conocías a la anciana.

- Sí, la conocía de vista.

- Solo de vista?

- Sí, solo de verla por el pueblo y nada más.

- Está bien, con eso es todo. Ya me voy.

- Hasta luego

- Hasta luego.

Después de que el sargento se marchara Leila se quedó pensando en aquello. Ya eran tres víctimas, esto seguiría, seguiría haciendo más daño a otras personas, cuando lo cogerían, necesitaba una respuesta, necesitaba descansar, necesitaba finalmente saber quién fue para poder volver a dormir en paz.

Por otro lado el sargento al salir de la casa se fue directamente al despacho para ponerse en contacto con Susan, la segunda víctima, necesitaba hacerle las mismas preguntas que le hizo a Leila, tenía que encontrar alguna conexión entre las víctimas.

Eran las siete de la tarde y el sargento ya se encontraba en el despacho escribiendo todo lo que había hablado con Leila, tenía que incluir todo en el informe, cualquier cosa podría ser importante. Cuando acabó cogió el teléfono y llamó a Susan:

- Hola,¿ quién es?

- Hola Susan, soy el sargento Rodríguez.

- Dime Miguel, sabéis de algo.

- No, pero necesitaba hablar contigo.

- Esta bien, mañana tengo el día libre, si quieres me paso por tu despacho y así hablarnos.

- Perfecto, mañana estaré todo el día en el despacho así que pásate cuando te venga mejor y así hablamos.

- Muy bien, hasta mañana entonces.

- Hasta mañana.

Una vez que colgó el teléfono Susan quedó muy extrañada, no sabía que era de lo que quería hablar el sargento Rodríguez, pero no podía hacer nada hasta mañana.

Llegó la mañana siguiente y Susan a primera hora de la mañana fue directamente al despacho del sargento Rodríguez, no podía esperar, necesitaba saber:

- Puedo pasar sargento Rodríguez.

- Claro pasa Susan que temprano has llegado.

- Hola Miguel, no podía esperar, necesitaba saber que era lo que pasaba.

- Por favor, siéntate.

- Dime Miguel, que es lo que pasa.

- Vamos a ver, escuchaste lo de la agresión a la anciana.

- Si algo escuché, pero no sé qué tiene que ver eso conmigo

- Tenemos la sospecha que de que la misma persona que te atacó a ti.

- Estáis seguros.

- No pero casi completamente seguros, el modo soperandi fue el mismo.

- Como está la señora.

- Bien dentro de lo que se puede

- Solo era eso lo que me querías comentar.

- No, quería preguntarte también si la conocías de algo.

- La verdad es que no, ni tan siquiera de vista.

- Vale, entonces nada más.

- Pero no me vas a decir quien crees que es.

- No puedo, sintiéndolo mucho

- Pero tengo derecho a saberlo.

- Si pero cuando sepa seguro quien es, de momento no te puedo decir nada más.

- Está bien, lo que tú digas, pero prométeme que lo cogeréis.

-Te prometo que estamos haciendo todo lo que podemos.

- Está bien, entonces me voy, cualquier cosa que me avisas.

- Pues claro que sí. Hasta luego Susan.

- Hasta luego Miguel.

Al marchar Susan el sargento Rodríguez volvió a escribir todo al igual que hizo con lo que le dijo Leila, mientras Susan se fue para su casa con un gran número de dudas en su cabeza, quien era ese hombre, porqué estaba pasando esto, quien podía ser tan cruel para hacer todo lo que estaba haciendo ese hombre, estaría enfermo, tendría alguna enfermedad mental, tendría familia, etc… un mar de preguntas sin ninguna respuesta.

60

CAPITULO 10- BUSCANDO POSIBLES CULPABLES.

El sargento Rodríguez días después de hablar con las víctimas se pasó días encerrado en su despacho sin salir buscando los posibles culpables. Hasta que, tras muchas investigaciones, muchas llamadas y muchos interrogatorios finalmente lo dejó en un único sospechoso, el excuñado de las víctimas. La duda era, si había sido el solo o con la colaboración de su hermano y si fuera el solo cual era el motivo.

Una vez claro quién era solo faltaba buscar pruebas, entonces pensó en interrogar al exmarido marido de las víctimas para ver si habría algo que lo incriminara de alguna manera, así que cogió el teléfono y se dispuso a ponerse en contacto con el sospechoso:

-Sí, ¿Quién es?

- Hola buenas tardes, soy el Sargento Rodríguez me gustaría hablar con el señor Lucas Vázquez.

- Sí, un momento por favor. Lucas, al teléfono.

- Voy… ¿Quién es mama?

- Un sargento pero no sé quién.

- Hola buenas tardes, quien es

- Soy el sargento Rodríguez, quería hablar con el señor Lucas Vázquez.

-Sí, soy yo, que desea

- Le explico soy el sargento que lleva el caso de las violaciones en la zona y quería ver cuándo podría usted venir por aquí para hablar.

- ¿Hablar de qué?

- Eso se lo diré cuando esté aquí en mi despacho.

- Está bien, cuando quiere que vaya.

- Le parece bien mañana, ponga usted la hora.

- Muy bien mañana por la mañana estaré ahí sobre las diez y así me cuenta que está ocurriendo.

- Muy bien, hasta mañana entonces.

- Hasta mañana.

Una vez que se colgó el teléfono Lucas se quedó abobado porque no entendía cuál era el motivo por el que el sargento quería hablar con él. Pero resignado se fue para cama para que pasara cuanto antes el día y así poder averiguarlo todo.

64

CAPITULO 11- EL INTERROGATORIO

Llegó el día siguiente y Lucas se levantó, se preparó y se cogió el autobús para no llegar tarde a la reunión que tenía con el sargento Rodríguez.

Una vez que el autobús llegó al pueblo vecino, Lucas bajó del autobús y caminó durante quince minutos para llegar al despacho del sargento, una vez allí:

- Tok, tok, se puede

- Si, adelante.

- Buenos días soy Lucas, estaba buscando al sargento Rodríguez.

- Sí, soy yo, pase y tome asiento.

- Me gustaría saber qué demonios hago aquí.

- Ahora le explico. Para comenzar usted conoce lo que ha pasado.

- Me habla de unas violaciones que han ocurrido en este último año.

- Sí, exactamente.

- Solo se lo han pasado.

- Sabe quiénes son las víctimas.

- Por lo que se son dos de un pueblo y otra de aquí, pero no sé nada más.

- Antes de decirle nada informarle que nada de esto puede salir de aquí ya que está bajo secreto de sumario. Lo entiende.

-Sí señor, lo entiendo perfectamente.

- Bien, dos de las víctimas son sus exmujeres y la otra es una señora que vive relativamente cerca de una de ellas.

- No puede ser, ellas.

- Sí.

- Espera, no estará pensando que soy yo el que las agredió.

- No, le explico hemos cotejado el adn de uno de los escenarios con todos los de agresiones a mujeres y tú tenías recogida una muestra de un caso anterior, pero nos gustaría recoger otra prueba más reciente, si te parece bien.

- Por supuesto que sí, no hay ningún problema.

- Muy bien, pues abra la boca por favor, así ya le tomaré la muestra y la enviaremos a analizar automáticamente.

- Sí.

Lucas abrió la boca y el sargento le tomó la muestra de adn. Una vez tomada la muestra el sargento llamó a uno de sus compañeros para que lo enviara de manera inmediata al laboratorio mientras el sargento continuaba con el interrogatorio.

- Bien, alguna cosa más (preguntó Lucas)

- Sí, quería comentarte alguna cosa más.

- Dígame entonces.

- Vamos a ver, si la muestra de adn está bien, sabemos que tú no eres el agresor, pero es un familiar directo tuyo.

- Un familiar mío.

- Sí, un familiar directo tuyo, un hermano, un tío, algún primo directo, etc…

- Se te ocurre alguien que fuera capaz de hacer algo así.

- No, nadie.

- Haber, por su forma de actuar es una persona tranquila, calculadora, relativamente joven entre unos 30 o 40 años, posiblemente de la persona que menos te lo esperes.

- Si te soy sincero, las únicas persona que encajaría en eso que me estás diciendo sería o mi hermano o un primo mío. Pero en primer lugar mi primo lleva embarcado siete meses, debe de estar a punto de llegar ahora a tierra, no sé si estaba aquí cuando fueron los hechos y mi hermano no creo que fuera capaz de hacer nada de eso, pero si tengo que reconocer que encaja en todo lo que me has dicho, aunque me resulta increíble.

- Espera un momento, déjame hacer unas comprobaciones.

El sargento estuvo haciendo unas llamadas y unas comprobaciones y así era, el primo no podía haber sido porque estaba embarcado durante las agresiones, así que solo quedaba el hermano.

- Bueno, creo que ya está, de momento no necesito hacer ninguna pregunta, en tal caso si necesitamos alguna cosa más nos pondremos en contacto contigo.

- Está bien, de lo que sea ya me llamaran.

- Solo una última cosa más.

- Qué.

- Recuerde que no puede hablar nada de esto con nadie, ni tan siquiera con las víctimas por mucho que las conozco.

- Ni con ellas tampoco.

- No, incumpliría el secreto de sumario y serias acusado de un delito de molestar durante una investigación. Te ha quedado claro Lucas.

- Si completamente claro sargento.

Después de esta conversación Lucas salió del despacho del secretario sin apenas creerse de lo que se había enterado. No podía imaginarse que las víctimas fueran sus exmujeres y lo peor de todo realmente fue su hermano el que las había agredido.

Por el otro lado, el sargento quedo casi convencido de que él no había sido el agresor, pero aún no tenía muy claro el hecho de él no fuera el cabecilla de los hechos o que por lo menos fuera influenciando a su hermano para que él lo hiciera. Quedaba la duda razonable.

CAPITULO 12: ACUSADO

Tras mucho buscar y finalmente haber recaudado las pruebas necesarias fueron a junto del juez para solicitar una orden de registro del domicilio del posible agresor.

- Buenos días señor juez.

- Dime sargento Rodríguez.

- Tenemos las suficientes pruebas para solicitarle una orden de registro.

- Estás seguro sargento.

- Sí al cien por cien, y estoy seguro que una vez que entremos en la vivienda del posible agresor encontraremos aún más pruebas.

- Bien, si estás tan seguro espera un momento.

El juez comenzó a redactar la orden de registro y en tan solo cinco minutos ya la tenía lista.

- Sargento Rodríguez

- Sí señor juez.

- Aquí tiene la orden de registro, espero que no esté equivocado y encuentre todas las pruebas que cree que puede encontrar.

- Muchas gracias juez.

Con la orden en la mano el sargento junto con sus compañeros pusieron rumbo de manera inmediata a la dirección del posible agresor. En menos de una hora ya estaban en el domicilio tocando a la puerta.

- Sí, quien es

- Abra la puerta soy el sargento Rodríguez.

- Dígame sargento. (Pregunto la esposa de Julio)

- Estamos buscando a Julio, se encuentra en casa en estos momentos.

- Si, espere un momento ahora viene.

- Yo mismo iré junto del.

- No tiene derecho a entrar en mi casa.

- Lo siento señora pero sí, tengo una orden de registro que me lo permite.

- Déjemela ver.

- Tenga.

Ella se puso a leerle mientras el sargento Rodríguez entro y fue en busca de Julio.

- Espere un momento sargento de que se acusa a mi marido.

- De las violaciones de tres mujeres.

- Mi marido es incapaz de hacer nada de eso.

- Las pruebas no dicen lo mismo, lo siento pero póngase a un lado.

El sargento continuó su camino hasta junto Julio, que se encontraba en la habitación.

- Julio.

- Si, quien es usted.

-Soy el sargento Rodríguez.

- Que hace usted en mi casa.

- Dos cosas, una vengo a registrar su casa y a llevarlo detenido.

- Y de que se me está acusando.

- De la violación de tres mujeres.

- Yo soy inocente, yo no he hecho nada.

- Pues entonces no deberías de tener ningún problema e n acompañarnos y en dejarnos echar un vistazo.

- Pero mi casa en privada, no tiene ningún derecho.

- Tengo todo el derecho del mundo, la orden de registro que tiene ahora mismo tu mujer en sus manos me autoriza a registrar toda la casa y llevarme todas las pruebas que consideremos oportunas.

- Pero.

- No hay pero que valga, lo haremos por las buenas o por las malas.

Tras esta breve discusión, el sargento junto con sus compañeros empezó a registrar toda la casa y finalmente encontraron las siguientes cosas:

- Una mochila

- Varios pares de guantes nuevos iguales a los que alguna de las víctimas a relatado.

- Dos pasamontañas negros.

- Unas camisetas negras.

- Unas cuerdas blancas con unas manchas rojas que podrían ser de vino.

- Un par de royos de cinta

- Una pistola de balines.

Una vez recogidas todas esas cosas, le pusieron las esposas a Julio y pusieron rumbo a la comisaria. Una vez allí encerraron en uno de los calabozos a Julio y enviaron todas las pruebas al laboratorio.

CAPITULO 12- EL INFORME DEL FORENSE

Al día siguiente, el sargento Rodríguez llegó a su despacho y fue directo a su mesa para ver si ya habían llegado el resultado de las pruebas, y así era, el resultado de las pruebas ya habían llegado, pacientemente se dispuso a leer el informe que decía lo siguiente.

Informe del forense:

Tras haber analizado todas las pruebas recopiladas en la vivienda del sospecho, hemos llegado a las siguientes conclusiones:

- Los pasamontañas negros son de tipo común, no teniendo nada que los diferencie. Eso sí, son iguales que los que las víctimas han descrito.

- Las camisetas negras son simples camisetas, lo que nos resultó raro es que estaban completamente arrugadas, como si

fueran usadas y luego puestas en la mochila, pero en cambio no tenían ningún rastro de adn, si se encontraron rastros de jabón, que tras analizarlo hemos llegado a la conclusión que la composición es igual a la del conocido jabón de Lagarto de lavado a mano. Esto me ha llevado a la conclusión de que fueron lavadas a mano pero a su vez a escondidas de su mujer, esto nos sugiere que la mujer del sospecho no sabía nada.

- Referente a las cuerdas son cuerdas comunes, aunque coinciden con los restos de las cuerdas encontrados en la casa de la tercera víctima, además las manchas eran de vino, el mismo vino encontrado en la casa de la tercera víctima.

-Royos de cinta, estos royos de cinta son completamente nuevos, de tipo común y la

único que se encuentra son las huellas del sospecho en el exterior, siendo algo normal.

- Pistola de balines, aunque es una simple pistola de balines es exactamente igual a la que fue descrita en uno de los escenarios de las víctimas, además su parecido con una real es asombroso, siendo fácilmente confundida con una pistola común. Como dato curioso la pistola no tenía ningún rastro de nada, ni huellas, ni adn, dando a entender que fue limpiada de una manera muy concienzuda para poder eliminar todos los posibles rastros.

Finalmente referente a la prueba de adn que nos envió el otro día informarle que no es el adn encontrado en la casa de la víctima, por el contrario se puede confirmar que es un familiar cercano del agresor, como un hermano.

Este es el resultado después de haber examinado minuciosamente todas las pruebas.

Una vez terminó de leer el informe el sargento aunque feliz por haber encontrado las pruebas que sitúan al sospechoso en el escenario del crimen, sabe que con las pruebas que tiene solo lo puede acusar de una de las víctimas, el resto son pruebas circunstanciales, tenía claro que habría que seguir investigando.

CAPITULO 13- SUSAN

Mientras la investigación seguía su curso, Susan la segunda víctima intentaba hacer su vida con la mayor normalidad posible.

Como todo estaba guardado bajo secreto de sumario, la gente sabía que estaban pasando unas violaciones pero no tenían conocimiento de quienes eran las víctimas, la gente del pueblo no unió la agresión que sufrió Susan con lo de las violaciones, comenzando una serie de acusaciones hacia su persona que, aunque no tenían ningún argumento ni ningún sentido, hacía mucho daño y dificultaba aún más el poder vivir y recuperarse plenamente.

Había varias hipótesis sobre lo que le había pasado a Susan en el pueblo, algunas de ellas eran:

Algunas personas decían que realmente no le había pasado nada, que era simplemente un montaje para poder estafar al seguro. Aunque, muy poca gente creía eso, ya que el día de la agresión se movilizó un gran número de agentes policiales y ambulancias haciendo difícil que fuera un simple montaje, aún había gente que realmente se lo creía.

Otra de las hipótesis que circulaban por el pueblo era que se trataba de un ajuste de cuentas por drogas. La explicación que le daban a este rumor era que como meses atrás de que Susan sufriera el ataque, había ocurrido un incidente del con el anterior dueño del local en que ella trabajaba, y la gente en su cabeza unió que la pobre Susan estaba también metida en el asunto, llegando a decir que ella se merecía lo que le había pasado. Luego también surgió el rumor de que simplemente había sido un atraco normal y corriente, y que Susan realmente era una exagerada.

Muchas más   hipótesis sonaban por el pueblo pero Susan intentaba ignorarlo, intentaba vivir su vida y trabajar para poder curar sus heridas físicas y psicológicas.

CAPITULO 14- TOMANDO DECISIONES

El sargento Rodríguez mandó a uno de sus compañeros que buscara la localización del teléfono del sospechoso en los días exactos de las agresiones. Una hora después el compañero del sargento llegó y:

- Sargento Rodríguez

- Dime Sergio

- Ya tengo los resultados de la búsqueda que me pidió.

- Bien, dámelos.

- Aquí tiene. Si no quiere nada más me retiro

- Sí tranquilo, si necesito algo te aviso.

El sargento se dispuso a leer con calma el informe que le trajo Sergio.

Tras haber buscado a través del gps del teléfono del sospechoso número 666 88 00 5655 hemos descubierto que el día de la primera agresión el teléfono no se movió en todo el día de su casa, pero por el contrario conoces que ese día estuvo trabajando en la ciudad donde vive.

El día del ataque a la segunda víctima, otra vez lo mismo, resultando cuando menos sospechoso.

Finalmente el día de la tercera víctima el gps del teléfono localiza al agresor una hora antes de la agresión en el mismo pueblo de la víctima y dos horas después de la agresión se encontraba en su domicilio.

Una vez que el sargento Rodríguez acabó de leer el informe, solo le rondaba una cosa por la cabeza, "la tercera víctima está demostrado, podremos lograr demostrar que es culpable de las otras dos". Tras darme muchas vueltas, se decidió finalmente a interrogar al acusado a ver si podía sonsacarle una confesión.

- Sergio

- Dígame sargento Rodríguez

- Lleva al sospechoso a la sala de interrogatorios, vamos a comenzar con el interrogatorio.

- Muy bien sargento, vamos allá.

Sin dudarlo Sergio fue de manera inmediata a buscar al sospechoso y lo llevó a la sala de interrogatorios, para que el sargento Rodríguez hiciera su magia, ya que del sargento se decía que siempre lograba sacar de los sospechosos una confesión, estaba barajando un 85 por ciento de confesiones. Era el rey de los interrogatorios.

92

CAPITULO 15 – INTERROGANDO AL SOSPECHOSO.

- Sargento Rodríguez, el sospechoso ya se encuentra en la sala de interrogatorios.

- Muy bien, ahora mismo voy.

- Si necesita algo no dude en pedirlo.

- De momento no necesito nada más, pero si necesito algo te avisaré.-

- Muy bien, me retiro entonces.

Tras marchar Sergio, el sargento Rodríguez se levantó de su silla y se dirigió a la sala de interrogatorios pensando en cómo iba a orientar sus preguntas y pensando también si sería capaz de conseguir lo que él estaba buscando.

Al llegar a la sala, abrió la puerta completamente decidido, entró y la cerró nuevamente con firmeza pero sin hacer ningún ruido.

- Buenas tardes

- Tú fuiste el que entró en mi casa y me ha detenido.

- Así es, pero que yo sepa el detenerte no es sinónimo de que pierdas los modeles, te he dicho buenas tardes.

- Buenas tardes serán para ti, yo me quiero ir para mi casa.

- Bueno, antes de que te puedas marchas tendrás que responderme a algunas preguntas.

- Que es lo que quieres que te diga.

- Bien comencemos. Conoces a algunas de estas tres mujeres. (Mientras hacía esta pregunta, el sargento rodríguez le muestra al sospechoso una foto de cada una de las víctimas.)

- Sí claro, las conozco.

- Bien, pues dime quienes son.

- Esta es la primera exmujer de mi hermano, se llama Leila. Esta es la segunda exmujer de mi hermano, se llama Susan y esta es una señora para la que he trabajado, lo que no recuerdo es su nombre, si sabría decirle que vive cerca de Leila. Pero que tienen que ver ellas con que esté yo aquí.

- Vamos a ver, antes de continuar que te quede una cosa clara quien hace las preguntas soy yo.

- De acuerdo pero por favor dime que tienen que ver ellas conmigo.

- No te agás el ingenuo, estoy seguro que sabes perfectamente porque estás aquí y porque te enseño sus fotos.

- No sé de qué me está hablando.

- Bueno, ya está bien, solo hablarás cuando te pregunte.

- Pero…

- No hay pero que valga. Bien, cuando fue la última vez que viste a Leila.

- Pero…

- Déjate de peros y contesta, cuanto antes acabemos y queden claras algunas cosas antes podremos ver cuando te puedes ir, claro, siempre que puedas.

- Está bien, a Leila la suelo ver habitualmente porque trabajo en su pueblo , entonces unas dos veces por semana la vea.

- De acuerdo, continuemos con Susan, cuando fue la última vez que la has visto.

- La verdad es que con Susan he hablado pocas veces.

- No te he preguntado si has hablado con ella, te he preguntado cuando ha sido la última vez que la has visto.

- Bue bue bue bueno, creo que fue el día de su Boda con mi hermano.

- Porque titubeas.

- No titubeo, solo es que estoy cansado, quiere irme a mi casa.

- Lo que tú digas, aunque permíteme que dude que no vieras antes a Susan.

- No estoy seguro.

- Bien y hace cuanto tiempo que no ves a la anciana.

- La última vez que la vi fue cuando trabajé en su casa.

- Seguro.

- Completamente seguro.

- De acuerdo, ahora hablaremos de las cosas encontradas en tu casa.

- Que cosas.

- Por ejemplo, para que usas los pasamontañas.

- Para cuando estoy trabajando en el exterior y tengo frío.

- Curioso que tengas frio en la cara y no en el cuerpo.

- Porque dice eso.

- Porque los pasamontañas estaban en una mochila y les acompañaban unas camisetas, ningún jersey, ni nada por el estilo.

- Lo saqué para lavar.

- Claro. Y los guantes, por lo que tengo entendido trabajas en obras, para que son los guantes.

- Tengo unas manos muy delicadas entonces los uso para trabajar.

- Manos delicadas, claro, no sé yo lo como que puede ser trabajar en una obra con ese tipo de guantes, pero lo que tú digas.

- Y la cinta para que la usas.

- En principio para nada en especial pero la suelo llevar por si acaso pasa algo y la necesito.

- Claro, eres un hombre muy precavido.

- Si, me gusta ir preparado para cualquier cosa.

- Ya veo, y la pistola entonces para qué es.

- Es una simple pistola de balines, es legal tenerla.

- En primer lugar no te pregunté eso, te pregunté para que la tienes en la mochila.

- Por si acaso un día me intentan atracar, poder defenderme de alguna manera, básicamente intentar asustar.

- Pero tú sabes que andar con una pistola de balines por la calle es ilegal.

- Es que, es que, no lo sabía.

- Pues mira, ya lo sabes, como has reconocido que has incumplido la ley, voy a dar informe a mis compañeros para que te pongan la multa pertinente.

- Pero eso es necesario.

-Pues claro que es necesario, la ley está para cumplirla, no para pasar de ella.

- Bueno, entonces pagaré la multa y ya me podré ir para casa.

- Aún no lo tengo muy claro. Mira una cosa que se me olvidaba, y la cuerda manchada de vino, para que la tuvieras en la mochila.

- Eso no es mío.

- Como que no es tuyo.

- No eso no es mío, lo tuvisteis que poner vosotros o alguno de mis compañeros cuando fui a trabajar.

- Es curioso que digas eso, es decir, sacaste el jersey para lavar y no ves una cuerda bien grande manchada de vino, curioso, sí señor, realmente muy curioso.

- Ya está bien, que está insinuando.

- No estoy insinuando nada, te voy a acusar de violación, con robo y agresión a las tres mujeres.

- No tiene pruebas.

- Eso es lo que tú dices. Si quieres que esto termine pronto, confiesa.

- Yo no tengo nada que confesar, yo soy inocente.

- Bien, entonces nos veremos en el juzgado.

- Me puedo ir para casa.

- JA JA JA JA, no lo verán tus ojos.

Después de esto el sargento Rodríguez salió de la sala de interrogatorio y le dijo a su compañero Sergio que volviera a llevar al acusado a la celda.

- Sargento Rodríguez

- Dime Sergio.

- Confesó

- No pero tenemos pruebas suficientes para poder llevarlo a juicio, ahora mismo voy a redactar el informe y se lo voy a llevar al fiscal para que inicie la vista para solicitar la prisión preventiva

Sergio recogió al acusado y lo llevó nuevamente a su celta mientras el sargento fue para su despacho a redactar ese tan preciado informe.

CAPITULO 16- HABLANDO CON EL FISCAL

Una vez terminó el informe se fue para su casa a descansar, a primero hora de la mañana llamaría al fiscal para llevarle el expediente completo del caso y así poder iniciar con el juicio lo antes posible.

Llegó al día siguiente a la oficina con el café en la mano, se sentó en su silla y automáticamente cogió el teléfono.

- Buenos días, es la oficina del fiscal, quién es?

- Hola, buenos días soy el sargento Rodríguez, quería saber cuándo podría estar con el fiscal para entregarle el expediente del caso del violador en serie.

- Muy bien espere que le pregunto.

Pasaron unos minutos y la secretaria del fiscal se puso nuevamente al teléfono.

- Sargento Rodríguez.

- Sí, aquí estoy, dígame.

- Hoy el fiscal va a estar toda la mañana en la oficina arreglando unos documentos, así que, puede pasarse cuando quiera.

- Perfecto, pues dígale que más o menos en media hora estoy ahí.

- Muy bien, yo se lo comunico

- Muchas gracias y hasta ahora.

- Hasta ahora sargento.

Colgaron el teléfono y automáticamente el sargento Rodríguez acabó el café de un sorbo, revisó nuevamente el expediente para comprobar si faltaba algo y se fue del despacho. Cogió su coche y se dirigió a la oficina del fiscal, una vez allí aparcó y subió a la oficina.

-Buenos días soy el sargento Rodríguez, hable hace media hora con usted por teléfono.

- Si sargento, lo recuerdo. Voy a avisar al fiscal de que ya está aquí, espere un momento.

- Muy bien.

La secretaria del fiscal entró en el despacho y:

- Señor fiscal

- Sí, dime Sheila.

- El sargento Rodríguez ya está aquí.

- Muy puntual, sí señor, dijo media hora y en media hora justa está aquí. (Dijo el fiscal mirando para el reloj que tenía colgado en una de las paredes del despacho). Hágalo pasar.

- Muy bien fiscal.

La secretaria salió del despacho y le indicó al sargento Rodríguez que pasara.

- Buenos días fiscal.

- Buenos días sargento. Haber cuénteme que me trae.

- Bien, aquí le dejo todo el expediente del caso de las violaciones.

- Estupendo, y dígame considera que hay riesgo de fuga del sospechoso.

- Si le soy sincero, sí. La impresión que me dio es que sí. Además con la excusa de que tiene que ir a algún trabajo escapa seguro.

- Muy bien, ahora mismo el sospecho donde está.

- Ahora se encuentra encerrado en los calabozos del cuartel pero vamos a tener que soltarlo al hacer las cuarenta y ocho horas.

- Yo no puedo conseguir un juicio tan rápido.

- Lo entiendo, pero podríamos pedirle al juez una orden para mantenerlo vigilado las 24 horas hasta que salga el juicio para la prisión preventiva. ¿Qué le parece?

- Buena idea, venga conmigo, vamos al juzgado de guardia y la solicitamos ahora mismo.

Los dos se marcharon al juzgado para hablar con el juez. Diez minutos después ya habían llegado a su destino.

- Buenos días, soy el fiscal Antonio Álvarez y mi compañero es el Sargento Rodríguez, quería saber si sería posible que el juez de guardia nos atendiera un momento.

- Pueden pedir una cita para hablar con el juez.

- Lo sé, pero podemos decir que es algo muy urgente.

- Está bien, esperen aquí un momento que voy a preguntarle al juez.

La secretaria fue al despacho del juez y:

- Se puede su señoría.

- Si claro dime Teresa.

- El fiscal Antonio Álvarez y el sargento Rodríguez preguntan si podría atenderles un momento, dicen que es muy importante.

- Dígales que esperen cinco minutos y les atendió, necesito terminar una cosa antes.

- Muy bien su señoría.

Teresa salió del despacho del juez y se dirigió hacia el fiscal y el sargento.

- Señores.

- Sí, (contestó el fiscal)

- Su señoría les atenderá en unos cinco minutos que necesita terminar una cosa.

- Muy bien, muchas gracias (dijo el fiscal)

- Pueden esperar hay sentados.

- No se preocupe, pero muchas gracias de todas formas (dijo el sargento)

Llevaban esperando de pie casi quince os cuando la secretaria les dice:

- Su señoría les atenderá ahora, por favor acompáñenme.

Los dos se dispusieron a seguir a la secretaria hasta el despacho del juez.

- Pueden pasar, su señoría les está esperando.

- Buenos días su señoría, muchas gracias por atendernos sin cita (dijo el fiscal)

- Buenos días su señoría (dijo el sargento)

- Buenos días. Fiscal, sargento, pueden tomar asiento.

- Muchas gracias (dijeron los dos)

- Bien, que es eso tan urgente para que vengan por aquí.

- Bien, le comento. Es referente al caso del violador en serie.

- Vale, les escucho.

- Tenemos en nuestro poder pruebas que consideramos suficientes para inculpar al sospecho.

- Pues cual es el problema, usted fiscal ya sabe cómo es el proceso, ponga la denuncia oportuna, y desde el juzgado ya se citará a todas las personas a declarar para tener la vista previa.

- Lo entiendo, señoría, pero el problema es que ahora mismo el sospechoso se encuentra en el calabozo del cuartel y en unas horas tendrán que liberarlo, y creemos que hay muchas posibilidades de que se fugue. Entonces queríamos pedirle una orden para poder tenerlo vigilado las veinticuatro horas hasta el momento de la vista previa.

- Bien, sargento, dígame usted, realmente considera cien por cien necesaria la vigilancia, es decir, cree realmente que existe riesgo de fuga.

- Su señoría, estoy cien por cien seguro, después de haberle interrogado tengo la certeza de que si nos despistamos se escapa y no le volvemos a ver.

- Está bien, si están tan seguros no nos vamos a arriesgar, esperen un momento fuera mientras redacto la orden, después mi secretaria ya se la entregará.

- Muchas gracias su señoría (dijeron los dos)

- No me den las gracias, estamos aquí para que se cumpla la ley, y para que personas como esas no tengan nunca la oportunidad de escapar. Los hechos siempre tienen que tener consecuencias. Ahora retírense.

Tanto el fiscal como el sargento salieron del despacho del juez muy contentos, habían conseguido lo que venían a buscar, ya no se les escaparía.

Se sentaron donde antes les dijera la secretaria del juez esperando por el ansiado papel. Media hora después aparece Teresa

- Señores

- Sí (dijeron los dos al unísono)

- El señor juez me dijo que les entregara esto.

- Sí, estupendo, muchas gracias y que tenga buen día (dijo el fiscal)

- Si muchas gracias por todo (dijo el sargento)

- Gracias a ustedes.

La secretaria se retiró a seguir con sus quehaceres y los dos se fueron del juzgado en dirección a la oficina del fiscal, una vez allí:

- Bueno sargento, ahora le toca a usted organizar la vigilancia.

- Al llegar a mi despacho ya la organizo.

- Yo por mi parte interpondré la denuncia mañana mismo para que la vista previa sea lo antes posible.

- Perfecto.

Después de esta breve charla el sargento Rodríguez marchó con el papel en la mano en dirección a su despachó. Tenía que ordenar la liberación del sospecho y organizar la vigilancia para que no se escapara. Ya quedaba poco para encarcelarlo por muchos años.

En dos hora el sospechoso ya estaba en libertad, pero eso sí, no le sacarían el ojo de encima en ningún momento, se habían organizado turnos de ocho horas para vigilarlo.

118

CAPITULO 17- LA CITACIÓN

Susan mantenía su vida lo más normal que podía, intentaba olvidarlo todo y simplemente sobrevivir, había conseguido volver a dormir y dejar de tener pesadillas cuando un día le tocan a la puerta.

-¿Quién es?

- El cartero, tengo una carta certificada.

Susan abrió la puerta y recogió la carta. Cuando se dio cuenta que venía del juzgado el corazón le dio un vuelco, la carta decía lo siguiente

20/04/2020

Nos ponemos en contacto con usted para comunicarle que el próximo día 25/04/2020 debe presentarse en el juzgado a

las 11:30 en calidad de víctima para tomarle declaración en la vista previa del caso número EX/542/126/3.

Si no pudiera presentarse deberá ponerse en contacto con este juzgado antes de las 24 horas, de no presentarse y no haber comunicado su no asistencia concurriría en un delito y se le pondría imponer una multa de hasta 3000 euros.

Al terminar de leer esto a Susan no sabía que pensar. Podría asistir sin ningún problema ya que sus padres que eran los dueños del local donde trabajaban habían fallecido y ella ahora se encontraba sin trabajo, pero un mundo de cosas le abordaba la cabeza.

Estaba claro que tenía que ser por el juicio de la violación, pero, ¿quién habría sido el que le había hecho eso?, ¿estaría el presente?, ¿lo vería al fin?, ¿descubriría el por qué se lo había hecho?, ¿sería alguien conocido o un desconocido? Los nervios se le habían metido en el estómago y tenía claro que no los sacaría hasta el momento de la vista, solo cinco días le separaban para dar respuesta a algunas preguntas, no ha todas pero por lo menos sabría quien fue y sabiendo eso sería una forma de poder empezar a tenerle miedo a todo el mundo, además, si estaba encarcelado podría comenzar a volver a andar sola por la calle, ya no tendría que tener miedo por que volviera, volvería en cierto modo a vivir en paz.

122

<u>CAPITULO 18- EL DÍA DE LA VISTA PREVIA.</u>

Era el día 25 de abril del 2020 y Susan estaba en la parada del autobús para ir al juzgado, era el día de la vista previa, los nervios no la habían dejado dormir en toda la noche, quería que todo acabara de una vez, bueno, mejor dicho, más que querer realmente necesitaba que todo acabara ya.

Llegó al bus y cuando estaba en el pueblo vecino, en unas de las paradas se subió Leila, ella ya sabía que era una de las víctimas pero no sabía que tenían que ir el mismo día y a la misma hora, las dos se sentaron juntas, aunque solo se dijeron cuatro palabras, ninguna de las dos tenía ganas de hablar, estaban demasiado cansadas. Cuarenta y cinco minutos después el autobús llegó a su destino, bajaron del bus y estuvieron andando quince minutos para llegar al juzgado.

Una vez allí Susan y Leila se sorprendieron por la gran cantidad de gente que había en los alrededores, había mucha policía, había reporteros, la televisión también estaba, todo era una gran locura. Viendo todo esto Susan y Leila querían salir de todo ese alboroto lo antes posible así que Susan se dirigió al guardia de seguridad.

- Buenos días, perdone que le moleste, pero nos podría indicar a donde tenemos que ir. Tenemos una citación para hoy a las once y media.

- Si claro, déjeme ver la citación y su documento nacional de identidad por favor.

- Sí claro, aquí tiene

- Ha vale, viene por la vista previa de hoy, tiene que subir a la segunda planta.

- Vale muchas gracias (dijeron las dos)

- No quería ser indiscreta, pero sabe por qué hay tanto alboroto por aquí. (Comentó Susan)

- No es ser indiscreta, aunque no lo crean están aquí por ustedes.

- Por nosotras.

- Se podría decir que sí, están aquí por el caso del violador, quieren dar la noticia de quien es y claro está de quienes son las víctimas.

- No por favor, nosotras no queremos que nos vean,.

- Tranquilas ellos no saben quiénes son, pasen directamente y ya está.

- Muchas gracias agente.

Después de esto las dos subieron a la segunda planta y se dirigieron a un despacho

- Hola buenos días, mi nombre es Susan y ella es Leila, tenemos una citación para la vista previa de hoy.

- Hola, buenos días, esperen un momento en la sala que ahora las atendemos.

Las dos se fueron a sentar a la espera que las llamaran, esperaron escasamente quince minutos cuando una mujer se les acercó.

- Hola buenas soy la secretaria del juez, ahora vamos a tomarles los datos y le haremos una copia a su DNI, quieren pasar de una en una o quieren venir las dos juntas, no se les va a hacer ninguna pregunta ahora.

- Las dos juntas (contestaron las dos)

- Muy bien, pues acompáñenme.

Tanto Susan como Leila se levantaron y siguieron a la secretaria del juez al despacho en el que habían entrado antes.

-Pueden sentarse ahí

- Muchas gracias (dijeron las dos)

- Bien, antes de nada, por favor denme su DNI.

Las dos sacaron su DNI y se lo entregaron a la secretaria para hacerle unas fotocopias.

- Bueno, aquí tenéis. Vamos a ver, cuando la jueza lo determine os llamará una a una para haceros algunas preguntas sobre los hechos ocurridos.

- Pero hay cosas que posiblemente no me acuerde, y si me acuerdo no estén bien cronológicamente.

- Eso es normal, ya ha pasado mucho tiempo, no os preocupéis. De todas formas os voy a dar ahora una citación oficial.

- Vale, pero que finalidad tiene.

- Realmente ninguna, es simple y mero formalismo.

- Muy bien.

La secretaria les entrega un papel a cada una y le firman un resguardo a la secretaria, cuando se ponen a leerlo el mundo se les cae a los pies.

- Pero esto está bien? (pregunta Susan)

- Si está bien.

- No no puede ser, me estás diciendo que el que me hizo aquello es mi ex cuñado.

- Si, que sucede nadie les informó de nada.

- No, nadie nos dijo nada.

Mientras estaban en estado de shock las dos por lo que acababan de leer, llegó el fiscal.

- Hola buenas, son ustedes Susan y Leila.

- Si son ellas (contestó la secretaria), parece mentira señor fiscal que no haya hablado aún con ellas para informarles quien era el sospechoso.

- Nadie las informó de que era su ex cuñado.

- Se acaban de enterar ahora mismo, esto deberían de habérselo comunicado con anterioridad, hay que tener un poco de consideración con las personas, no debe de ser nada fácil asimilar que quien les hizo todo aquello es una persona conocida, aún más, una persona que perteneció de una manera a su propia familia.

- Si tienes razón, pero yo no tuve apenas tiempo y pensé que el sargento las informaría.

- No es obligación del sargento, sino suya fiscal.

- Hola, es usted el fiscal. (Preguntó Susan)

- Si soy yo, usted es Susan o Leila.

- Yo soy Susan, ella es Leila.

- Un placer conocerlas, ojalá hubiera sido en otras circunstancias. Bien antes de nada como se encuentran.

- La verdad es que no le sabría contestar (dijo Susan)

- Es que es algo increíble (dijo Leila)

- Están seguros que fue él. (Preguntó Susan)

- Si, no tenemos muy claro si podremos acusarles firmemente de los tres casos, porque hay muchas pruebas circunstanciales, pero nosotros estamos al cien por cien seguros que fue él.

- De acuerdo. (Dijo Susan)

- Quieren que repasemos alguna cosa de las declaraciones que han hecho con anterioridad.

- Yo no (dijo Leila)

- Yo tampoco, yo responderé lo que me acuerde, lo que no voy a hacer es forzar las cosas, luché todo este tiempo para olvidar y ahora me obligan a recordar, no es suficiente con declarar una vez que hay que hacerlo más veces.

- A ver, esta vez no van a declarar propiamente, van a identificar algunas cosas, y la jueza les preguntará cosas muy puntuales para poder ver si las pruebas son suficientes para llevarlo a juicio.

-Entiendo.

De pronto, al fondo aparece el sargento Rodríguez.

- Hola Leila, hola Susan, como estáis.

- Muy sorprendidas, nos acabamos de enterar que el sospechoso es nuestro ex cuñado.

- Pero el fiscal no os informó antes.

- No nos enteramos ahora al leer el papel que nos dio la secretaria.

El sargento se quedó callado y mirando al fiscal con una cara de asesino que metía miedo.

- Queréis que hablemos con el juez para aplazarlo un rato y así os relajáis un poco.

- Por mí no, prefiero acabar cuanto antes e irme para mi casa. (Dijo Susan)

- Lo mismo digo (dijo Leila)

- Muy bien, mucho ánimo y ya sabéis que estaré aquí para lo que necesitéis.

- Muchas gracias (dijeron las dos al mismo tiempo).

De pronto la secretaria sale del despacho donde estaba el juez y llama por Leila. No pasaran ni diez minutos y ya estaba fuera:

- Que rápido saliste Leila (le comentó Susan)

- La verdad es que fue muy rápido. Me leyeron la declaración que hice en su momento y me preguntaron si estaba conformo, después me preguntaron si conocía a Julio y si consideraba que podía haber sido él, y sin más me hicieron firmar lo hablado me dieron una copa y me dijeron que me podía ir.

- Bueno, por lo menos no te castigaron mucho preguntando detalles.

-Señorita Susan (se escucha de pronto)

- Si soy yo

- Acompáñeme

Con los nervios a flor de piel Susan acompañó a la secretaria y entró en el despacho.

136

CAPITULO 19- SUSAN Y EL JUEZ

Una vez dentro del despacho el juez indicó a Susan que se sentara.

- Buenos días Susan

- Buenos días su señoría.

- Bien, yo soy el juez y ella es mi secretaria, el que tienes a tu izquierda es el fiscal y el que está a tu derecha es el abogado defensor, de acuerdo.

- Si

- Ahora te vamos a leer la declaración que hiciste en el día después de los hechos, de acuerdo

-Sí

El juez le leyó toda la declaración y:

- Bien está fue tu declaración

- Si su señoría.

- Recuerdas algo más de aquello y que no esté nombrado en la declaración.

- Sinceramente no, todo lo contrario, he intentado olvidar todo aquello.

- Lo entiendo.

- Tengo aquí en el informe del sargento que has tenido que estar con curas durante dos semanas, ¿puede ser?

- Si, estuve dos semanas yendo al centro de salud para hacerme las curas de las quemaduras y después una semana más haciéndomelas yo misma.

- Y ahora como estás.

- Las quemaduras ya sanaron, según me dijo la enfermera que tuve mucha suerte y apenas me quedaron marcas.

- Me alegro y del resto como estás.

- Estoy, había logrado volver a dormir, pero desde que recibí la carta de la citación he vuelto a tener pesadillas, pero supongo que será normal.

- Si es completamente normal, tiempo es lo que te hace falta.

- Supongo que sí.

- Tengo que hacerte algunas preguntas más.

- De acuerdo.

- Conoces a Julio.

- Sí, lo conozco, es mi ex cuñado.

- Crees que fue él el que te hizo aquello.

- Sinceramente no lo sé.

- No le vi la cara.

- Entiendo.

- Hacía cuanto tiempo que no le mirabas.

- La verdad es que hacía años, no le sabría decir exactamente cuánto tiempo.

- Quizás desde el día de tu boda.

- No, lo vi algunas veces después, me cruzaba con Julio por el pueblo, sobre todo cuando estaba casada.

- Por qué dices sobre todo cuando estaba casada.

- Porque después de que me separé solo andaba por mi pueblo, no me solía desplazar a menos que fuera necesario.

- Y por tu pueblo lo has visto alguna vez.

- Que yo recuerde no.

- Bien ahora te voy a mostrar una cosa y me vas a decir si la reconoces.

- Está bien.

El juez le mostró a Susan la pistola encontrada en la casa de Julio, cuando ella la vio comenzó a temblar.

- ¿La reconoces?

- Es igual a la que me pusieron aquel día en la cabeza.

- Una cosa, tu qué opinas que es de verdad o es falsa.

- Para mí es de verdad.

- Bien, tú sabes lo que les hizo a las otras víctimas.

- Se algunas cosas que le hizo a Leila, pero no todo y a la señora también se algo por lo que salió en la prensa pero nada más.

- Bien te cuento, tu caso fue el más violento de los tres, aunque está claro que el de la señora tiene agravantes por la edad, solo fue en el tuyo en el que además de la violación te llegó a quemar y fuiste la única que realmente has tenido que hacer curas o llevar un tratamiento que no fuera psicológico. Por qué crees que fue así, porque contigo tanta crueldad.

- No lo sé su señoría, y le puedo garantizar que me encantaría saberlo. (Contestó Susan entre lágrimas)

- Muchas gracias por tu sinceridad Susan, por mi parte no tengo ninguna pregunta más. Señor fiscal usted tiene alguna pregunta.

- No su señoría, por mi parte no hay preguntas.

- Muy bien, señor abogado defensor, por su parte tiene alguna pregunta.

- Sí las tengo

- Muy bien, adelante.

- Vamos a ver Susan, usted no reconocería la voz de Julio si la escucha.

- No

- Pero si fue de su familia.

- Aunque sea mi ex cuñado nunca fue una persona con la que yo tuviera una relación, creo que hablaríamos una o dos veces a lo mucho y para eso un hola y un adiós y poco más.

- Eso no es posible, (dijo el abogado con voz enfadada). Eso no hay quien se lo crea.

- Sinceramente y perdóneme como le voy a contestar pero si usted me cree o no me da igual, Julio apenas se llevaba con su hermano entonces no había ningún tipo de juntanzas familiares ni nada por el estilo. El día que lo conocí fue el día de mi boda y después como le he dicho simplemente me tengo cruzado un par de veces, las cuales hablaba mi ex con él no yo.

- Perdone pero no le creo

- Abogado, compórtese, ella es la víctima no es la acusada, guarde las formas. (Dijo el juez)

- Sí, discúlpeme su señoría.

- Alguna cosa más abogado.

- Sí,

- Bien pues continúe pero controle.

- Que conocimientos tienes usted de armas.

- Ninguno.

- Entonces como puede saber si es de verdad o es de mentira.

- No lo sé a ciencia cierta, pero digo lo que me parece.

- Entonces si no conoce de armas como puede estar tan segura que es esa el arma con la que le apuntaron.

- Yo no he dicho que sea esa arma, yo lo que he dicho es que es exactamente igual a la que utilizaron para apuntarme.

- Pues usted sabe que es una pistola de balines.

- Se lo repito no se de armas, ni tampoco sé que es una pistola de balines, como mucho las que conozco son las que venden en los chinos para los niños y que son de plástico y son muy distintas a esa.

- Entiendo. Nada más su señoría.

- Muy bien, ahora Susan le vamos a entregar una copia de todo lo hablado aquí y tendrá que firmarla y después podrá irse.

- Muy bien

Susan firmó todos los papeles que le dieron y sin más se fue, necesitaba salir de allí, las lágrimas le caían, el abogado defensor la había hecho sentir culpable de algo sin saber por qué. Susan solo quería irse a casa.

Cuando salió del despacho estaba el sargento Rodríguez y Leila esperándola.

- Has tardado Susan

- Fueron muchas preguntas

- Pero quien te hizo tantas preguntas (preguntó el sargento)

- A ver, el juez me hizo muchas preguntas pero fue muy amable en cambio en abogado defensor me hizo preguntas y me acabó haciéndome sentir culpable, como si fuera yo quien incriminara a Julio o no sé qué.

- Tú no eres cumplible de nada, venga que os acompaño a la salida.

- Una pregunta sargento.

- Dime Susan.

- Julio no va a declarar.

- Sí, tanto es que en cualquier momento debe de estar a llegar al juzgado con mis compañeros.

- Entiendo, por eso la prensa está abajo.

- Sí, es la noticia del momento.

- Vale.

- Vamos.

Los tres comenzaron a bajar y al llegar a la puerta un mar de personas estaban apelotonadas y justo en ese momento llega el coche de la policía

- Bueno chicas me tengo que despedir, ahí está el y os aconsejo por vuestro propio bien que os vayáis no creo que sea plato de buen gusto verlo y además como os quedéis aquí la prensa os va a ir encima.

- No nos vamos (dijo Leila)

- Hasta luego Sargento (dijo Susan)

- Hasta luego, recordar para cualquier cosa.

- Gracias (dijeron las dos)

Después de despedirse del sargento se echaron a un lado, y aunque por un lado su mente les decía iros, se quedaron a ver como salía del coche y entraba en el juzgado Julio, una vez dentro se marcharon sin decirse nada. No tenía fuerzas para hablar, estaban las dos demasiado destrozadas, solo querían llegar a sus casas y estar en silencio para poder asumir lo que estaba pasando.

150

CAPITULO 20- LA PRENSA

Llegó el día siguiente y Susan intentó hacer su vida normal, salió a la compra y antes se fue a tomar un café a su cafetería preferida, cogió el periódico como era habitual en ella y de pronto, en portada estaba la noticia del caso del violador en serie, fue a leer la noticia y en la fotos que habían aparecía ella y Leila de espaldas, un escalofrío recorrió todo su cuerpo, que dirán ahora en el pueblo. Acabó el café a correr y como si fuera ella la delincuente se fue, hizo la compra lo más rápido que pudo y marchó para su casa, no se quería encontrar con nadie, no quería ver a nadie.

Una vez en su casa continuó con su vida intentando olvidar de alguna manera lo que había leído, y en cierto modo lo consiguió.

Los siguientes días fueron muy tranquilos, sabía que la gente del pueblo estaría hablando pero prefirió ignorar para así no sufrir más, cuando de pronto tres días después de la noticia a las doce de la mañana le tocan a la puerta.

- Si, ¿quién es? (preguntó Susan)

- Hola buenos días estoy buscando a Susan.

- Sí soy yo, pero ¿quién es usted?

- Permítame que me presente soy reportero del Faro y me gustaría hablar con usted por causa del violador en serie.

- No lo siento, no tengo nada que decir.

- Por favor, entiendo su dolor, y solo quiero hacerle un par de preguntas para que su voz también se escuche.

- No necesito que se escuche mi voz.

Santi, que era un amigo muy especial de Susan y que vivía con ello se acercó a la puerta y:

- Susan, que está pasando.

- Nada, es la prensa que quiere hablar conmigo y yo no quiero.

- Tranquila yo me encargo.

- Gracias Santi.

Susan se fue para la cocina a continuar con lo que estaba haciendo y Santi quedo hablando con el reportero.

- Buenos días, soy un amigo de Susan y como ya te ha dicho ella no quiere hacer ninguna declaración.

- Si en cierto modo la entiendo pero yo tengo que hacer mi trabajo.

- Pues lo que podía hacer ya está, ella no va a hablar.

- Y usted estaría dispuesto a contestarme alguna pregunta.

- Depende de que preguntas sean.

- Está bien, me podría decir cuál es su opinión respecto a que el violador sea el excuñado de Susan.

- Lo único que le puedo decir es que da igual que sea excuñado, o un simple desconocido, si fue el ojalá que pague la pena máxima.

- Pero supongo que al haber pertenecido a la misma familiar debe de ser difícil.

- Claro que es difícil, no se entiende cuando un desconocido es capaz de hacer semejantes cosas, cuando es un familiar tuyo el que te las hace siempre es peor y sobre todo más difícil de asimilar.

- Y qué opina de que fuera a Susan a quien más daño le haya hecho, como dicen los policías fue con la que más se ensañó

- Respecto a eso no puedo opinar nada, la respuesta está solo en la cabeza del violador, en la de nadie más.

- Bien, pues muchas gracias por atenderme y disculpen las molestias. Despídame de Susan y pídale perdón de mi parte.

- No es necesario que pida perdón, simplemente hace su trabajo. Eso sí, le voy a pedir un favor.

- Dígame.

- Si en algún momento le dicen de volver por aquí a intentar interrogar a Susan, dígales que no, que ella no va a hacer ninguna declaración y si por si acaso en algún momento ella quiere declarar algo ella misma se pondrá en contacto con el periódico.

- Sin problema, pero en vez de ponerse en contacto con el periódico le doy mi tarjeta y si llega ese momento no dudo en comunicarse conmigo.

- Está bien, que tenga un buen día.

- Lo mismo y nuevamente gracias.

El reportero se marchó y Santi cerró la puerta y fue junto de Susan, cuando llegó a la cocina y la miró se la encontró llorando.

-Susan por que lloras.

- Solo quiero olvidar y la gente solo me hace recordar.

- Vamos a ver, sabes que a la gente le gusta saber y el periodista simplemente estaba haciendo su trabajo y eso lo tienes que entender.

- Si eso lo entiendo, pero no sé.

- Susan, nunca en la historia hubo un caso de esta magnitud en la zona, siempre se creyó que estas cosas no pasan aquí, venga relájate. Vete a tu cuarto que ya acabo yo aquí.

- Gracias Santi, que haría yo sin ti.

- Corre a descansar.

Santi se quedó en la cocina acabando de preparar la comida mientras Susan se fue para su cuarto y su tumbo en cama, realmente necesitaba relajarse.

158

Después de aquello la vida de Susan se convirtió en una larga espera, solo quedaba esperar al momento del juicio, pero de pronto el exmarido de Susan, es decir, el hermano del presunto violador la llamó por teléfono.

- Susan

-Dime que pasa

- Podemos quedar tengo que hablar contigo.

- De que

- De mi hermano y de cosas que están pasando en mi casa.

- Está bien.

- En media hora estate en la estación de autobuses.

- Vale nos vemos ahora.

Susan bajo a la estación de autobuses preguntándose de que demonios quería hablar con ella. Al llegar a la estación él ya la estaba esperando.

- Haber dime, que es lo que está pasando.

- Nos están acusando de violadores, nos han apedreado la casa rompiéndonos los cristales, por la calle me acusan de violador, están diciendo que fui yo en vez de mi hermano. Este tiene que parar.

- Y que quieres que yo le haga.

- No sé, haz alguna declaración o algo para que nos dejen en paz.

- Yo no voy a hablar con la prensa, no es cosa mía, yo no soy la que ha acusado a nadie, yo no soy quien ha acusado a tu hermano.

- Lo sé, pero a lo mejor si tú dices que no fui yo me dejan en paz.

- Habla con la policía y denuncia lo que está pasando pero yo no tengo nada que decir a nadie, hablaran las pruebas en el juicio. Si era solo esto lo que me querías decir me voy.

- No espera tengo que contarte algo más.

- El que

- Sabes que mi hermano estaba en la cárcel de la ciudad

- Sí lo sé.

- Bien, en un principio los presos no sabían de que lo habían acusado, él decía que le acusaban de robo, pero no se sabe muy bien cómo se enteraron de que él no estaba en la cárcel por robar sino por ser un violador en serie.

- Y a mí que más me da que los presos sepan lo que ha hecho o a dejado de hacer, vamos a ver eso no es asunto mío.

- Solo escucha

- Haber termina.

- Una vez que los presos se enteraron de que estaba acusado le pegaron una paliza dejándolo mal herido en la enfermería, ahora están a la espera que le pasen un poco las lesiones para trasladarlo a otra prisión.

- Si estás buscando que me dé pena, no me la da.

- No pero supuse que te gustaría saber que le han pegado.

- Realmente me da igual, yo lo único que quiero que es que esté en la cárcel, y a poder ser lo más lejos de mí.

- Bueno pues está en la cárcel y estará bastante lejos, por lo que tengo entendido lo vas a trasladar al Sur de España, en una prisión en la que tendrá vigilancia para que no vuelva a pasar nada de esto otra vez.

- Pues vale, algo más.

- Después de darte esta información no me vas a ayudar con lo otro.

- No te puedo ayudar, los únicos que te pueden ayudar con eso es la policía no yo.

- Pero si la policía judicial sigue pesando que yo tengo algo que ver en todo esto.

- No hay nada probado, así que si tú denuncias los hechos ellos tendrán la obligación de ayudarte.

- Ven conmigo.

- No, y si no tienes nada más que decirme me voy para mi casa y si no te importa no me llames para decirme cosas que no me interesan,

- Tan poquito te importo

- Pero, sabes de sobra que aún me cuesta hablar contigo después de todo lo que me has hecho para que ahora me vengas con tonterías.

- Porque no olvidas lo que pasó, si yo hubiera estado contigo nada de eso te hubiera pasado.

- Si yo hubiera estado contigo me hubiera pasado de igual manera ya que tu vida era estar tirado en una cama durmiendo la mono o estar en algún bar emborrachándote para después poder dormir la mona. Precisamente tú no eres el más indicado para asegurar que tú me ibas a proteger.

- No seas así Susan.

- Déjate de cuentos, es decir que tú me ibas a proteger de tu hermano y quien me protegería de ti. Anda acaba tu copa de hierbas y vete para casa, que me parece que estas alucinando de más. Hasta luego

- Susan, espera.

- No, hasta luego.

- Hasta luego Susan, nunca olvidas que todavía te sigo queriendo y que jamás te podré olvidar.

- Siento tener que decirte esto pero yo ya no te quiero y ojalá yo pudiera olvidar.

Sin mirar atrás Susan se fue para su casa pensando en lo que le acababan de decir. Es cierto que nunca le había alegrado que pegaran a nadie pero en ese momento sintió una especie de alegría al pensar que ese desgraciado estaría sufriendo, nunca sufriría lo mismo que ella pero todo era un comienzo.

Siguió pasando el tiempo y nunca más había hablado del tema hasta que su ex otra vez quiso hablar con ella.

- Que es lo que quieres ahora Lucas.

- Tengo novedades que tal vez te interesen.

- Haber habla pero sin rodeos.

- Te acuerdas de lo que te   conté hace unos meses de Julio.

- Sí me acuerdo.

- Pues bien, un mes después de ser trasladado le comenzaron a permitir salir de la prisión durante el día con una pulsera.

- Una pulsera, no entiendo

- Sí, esa pulsera llevaba una especie de GPS que cuando se alejaba más de lo que tenía permitido comenzaba a pitar y daba una señal a la policía.

- Vale entiendo, es decir, que vienes a contarme que Julio puede dar paseos,

- No vengo a decirte que intentó escapar un par de veces eso ocasionó que perdiera todos los derechos que tenía.

- Intentó escapar, a donde quería ir, que es lo que quería hacer.

- No lo sabemos, pero estate tranquila que no lo consiguió.

- Y eso me tiene que tranquilizar, que equivocado estás.

- Sé que no te tranquiliza pero consideré que deberías de saberlo.

- Está bien, muchas gracias, me voy.

- No déjate estar y tomate un café.

- Estoy cansada de decirte que no somos amigos.

- Porque no podemos se buenos amigos, así verías que he cambiado, que no soy el mismo de antes.

- No me cuentes historias para no dormir, me dices que has cambiado con una copa de aguardiente de hierbas en la mano.

- Una copa al día no le hace daño a nadie.

.- Después de tanto tiempo de verdad crees que me pueden engañar, además te recuerdo que yo misma te dije cuando nos separarnos que no quería saber nada de ti mientras bebieras alcohol, así que hasta luego que no quiero discutir.

- Pero.

- Ni pero ni nada, no quiero discutir, no me apetece, déjame ir en paz para mi casa.

- Hasta luego

Susan le dijo hasta luego a Lucas mientras se iba para su casa, eso sí ni tan siquiera que miró a la cara, se marchó pensado continuamente a donde querría ir Julio, cuál era la intención en esas tentativas de fuga, sería simplemente escapar o venir aquí a eliminar los posibles testigos o las posibles pruebas. Lo malo de todo esto es que nunca sabría la respuesta.

CAPITULO 22-LA DESESPERACIÓN DEL FISCAL

Los años pasaron y por mucho que el fiscal luchó y luchó y el sargento Rodríguez peleó e intentó encontrar más pruebas, el juez determinó incriminar firmemente a Julio de la agresión de la anciana e intentar incriminar de alguna manera por el caso de Susan (aunque las pruebas de ese caso eran circunstanciales). El juez determinó la fecha del juicio.

El fiscal determinó ir a hablar con el sargento y comentarle la noticia de la fecha de juicio en persona:

-Está el sargento Rodríguez.

- Si, espere un momento que le aviso (comentó una compañera del sargento)

- Hola fiscal.

- Hola sargento.

- Que te trae por aquí.

- Quería comunicarte personalmente que la fecha del juicio contra Julio el violador ya está fijada.

- Bien, que le van a juzgar por los tres casos.

- Por mucho que lo he intentado no lo he logrado.

- Que quieres decir con eso.

- Solo lo van a juzgar firmemente por el caso de la anciana.

- Y el caso de Susan y Lilia.

- He conseguido que el juez me dé permiso a hacer algunas preguntas referentes al caso de Susan por el tema de la pistola pero consideran todo pruebas circunstanciales al no haber ADN.

- Como es posible, si está claro que es él.

- Yo lo sé y tú lo sabes pero el juez no considera que se pueda demostrar.

- Pero que tonterías son esas.

- No son tonterías, son realidades, lo lamento mucho sobre todo por ellas pero no puedo hacer nada más, intentaré que le caiga la mayor pena posible.

- Siempre pasa lo mismo, cogemos al culpable, sabemos quién es el culpable y al final nunca pagan por todo lo que hacen.

- Lo sé pero haré todo lo que esté en mi mano. Se lo garantizo sargento Rodríguez.

- Estoy seguro fiscal.

Al acabar el fiscal se marchó a su despacho para empezar a presentar la acusación y el sargento se quedó revisando cada una de las pruebas para ver si era capaz de encontrar alguna cosa más que se le escapara anteriormente.

Susan a lo largo de estos años formó una nueva vida y lucho por superar todo aquello, lo que ella nunca se esperaría es que su cabeza no supiera que pensar.

Cuando en la prensa anunciaron la fecha del juicio por causa de una filtración del juzgado nuevos problemas comenzaron a surgir. Nuevos disgustos y un nuevo dolor comenzó para la pobre Susan. Estaba ella tranquila tomándose un café cuando un familiar de Julio se le acercó y le dijo:

- Estarás contenta.

- Perdona, quien eres.

- Ya no me recuerdas.

- Espera a si, eres la tía de Lucas

- Por desgracia ese también es mi sobrino, pero soy sobre todo tía de Julio.

- Y que quieres de mí

- Te repito, estarás contenta

- Contenta de que

- Estas destrozando una familia

- Pero que familia estoy destrozando yo

- La de Julio.

- Pero...

- Julio es imposible que te hiciera eso, empiezo a pensar que no te paso nada y lo único que quieres es ser la protagonista dando lástima.

- Pero tú de que vas,

- Ya verás, todo esto que le estás haciendo pasar a mi sobrino lo pagarás, la vida te dará tu merecido.

- En primer lugar, yo no he acusado a nadie, en segundo lugar, si lo acusan será por algo, y en tercer y último lugar, las pruebas dicen lo contrario.

- Fuiste tú que le has involucrado.

- Pero vamos a ver, yo siempre dije que no le vi la cara, siempre dije que no se quien fuera el que me había atacado. Porque me dices esto ahora.

- Mi sobrino lleva tres años en la cárcel por un delito que no cometió, su hija lleva tres años sin padre por culpa tuya, y hay una esposa sola en su casa luchando por su hija por tu culpa.

- Por mi culpa no, si fue él quien me hizo daño a mí y a las otras dos víctimas ojalá que no salga de ahí, siento mucho lo de su mujer y su hija porque estoy segura que no sabían nada pero yo no soy la responsable de nada, el responsable es el por hacerlas.

- Realmente eres capaz de hablar de esa manera

- Vamos a ver, que yo recuerde una de las víctimas soy yo, fue a mí a quien han agredido, fue a mí a quien han quemado, y por lo que me ha dicho el sargento las pruebas son claras.

- Que pruebas, seguro que fue Lucas, ese borracho el que hizo todo y por eso la confusión.

- Mira, yo a Lucas no lo soporto y no te voy a negar que es un borracho y que incluso puede llegar a ser violento, pero si hubiera sido él reconocería su voz, además él fue ya descartado, el ADN no era el suyo.

- Mientes.

- No tengo ninguna necesidad de mentir, yo lo único que quiero es que el culpable pague, me da igual quien solo que pague el que me hizo todo aquello.

- De verdad que eres capaz de arruinar de esa manera a esa pobre familia.

- Te repito, yo no he arruinado ni estoy arruinando la vida de nadie, mejor dicho, casi me la arruinan a mí. Así que, si no te importa me dejas en paz.

- Me las pagarás, eso tenlo claro que me las vas a pagar.

Después de aquello la tía de Lucas se marchó pero había más gente que lo conocía en aquel local y comenzaron a decir.

"Mira esta es una de las que dicen que Luchas las ha violado, mentirosa es imposible que un hombre tan bueno como es Lucas hubiera echo eso, que manera de destruir una buena familia, el pobre que solo lucha por los suyos, trabajador, buen padre y buen esposo, siempre le pasan las cosas malas a las buenas personas"

Susan al escuchar eso dijo:

"Vamos a ver, yo les he hecho alguna cosa, ya basta de llamarme mentirosa, igual que le he dicho a la tía de Julio yo no le he acusado, ni tan siquiera denuncié nada, fueron los que me encontraron tirada en el suelo sin sentido los que llamaron a la ambulancia y a la guardia civil, las pruebas son las que están acusando a Julio, no yo, yo en todo momento he dicho que no sabía quién había sido, dejarme en paz, yo solo quiero vivir mi vida, solo quiero olvidar todo aquello. Dejarme en paz"

En ese momento todos se callaron y Susan pagó su café y se fue, no podía soportar tal presión.

Esta situación se fue repitiendo día a día que ella bajaba a tomar el café, siempre se encontraba a la tía de Julio hablando del tema con los amigos, diciendo que mal lo estaba pasando su mujer y su hija, que como era posible que estuviera pasando esto, finalmente Susan dejó de ir a tomar el café en ese establecimiento, porque aunque era su local preferido no podía seguir escuchando esas cosas. Sinceramente se estaba llegando a creer que ella era la culpable de todo, que ella estaba arruinando a una familia y lo que más le dolía era que estaba quitándole su padre a esa niña.

Un día con el corazón destrozado de todos los comentarios, cansada de escuchar que a ella no le había pasado nada, que todo aquello era para ser el centro de atención, para ganar protagonismo, y dar pena, tomó la decisión de ir al cuartel de la guardia civil y hablar con el sargento Rodríguez.

- Hola buenos días, disculpe las molestias

- Buenos días, no tiene por qué disculparse que necesita.

- Estoy buscando al sargento Rodríguez, está aquí

- Si, aquí se encuentra, quiere hablar con él.

- Sí es posible

- Espere un momento que le voy a buscar, pero me puede decir quien le busca.

- Sí claro, dígale que soy Susan.

- Susan, la del caso…

- Sí soy esa Susan, la del caso del violador.

- Disculpe mi indiscreción.

- No pasa nada, ya estoy completamente acostumbrada. Puede llamarle por favor.

- Sí voy.

El agente se marchó en busca del sargento y cuando llegó a su despacho.

- Sargento.

- Dime Sergio, que paso

- Preguntan por usted

- Y quien pregunta.

- Susan

- Que Susan

- La del caso del violador en serie.

- Por dios, dile que pase.

Sergio fue en busca de Susan y:

- Susan por favor acompáñame, el sargento te recibirá ahora mismo.

Susan se levantó y acompañó al agente hasta el despacho del sargento. Cuando llegó allí el sargento Rodríguez ya le estaba esperando:

- Hola Susan, como estás

- Hola sargento, supongo que bien y usted como está.

- Yo bien, pero dime a que has venido, pongo en duda que fuera para darme una visita.

- Es posible retirar mi denuncia contra Julio.

- No, no es posible, él debe pagar por todo lo que te hizo a ti y a las otras.

- No hay ninguna manera.

- No, porque realmente no has sido tú la que has puesto la denuncia, hemos sido nosotros.

- Pues sargento, por favor retire la denuncia.

- No, no lo voy a hacer.

- Por favor

- No, tiene que pagar por lo que ha hecho, además por qué quieres que la saque, dame una explicación porque no entiendo nada.

- Es que no puedo con esto

- A que te refieres con que no puedes con esto, ya queda poco.

- No puedo con esto, no soporto más esta situación, me están culpando a mí de destruir una familia, de quitarle un padre a una niña, de quitarle un esposo a una mujer y de quitarle un hijo a una madre, realmente no puedo más, no lo soporto.

- Vamos a ver, la familia sabes que es muy cruel, quieren pensar que Julio es inocente y en cierto modo es normal. Pero tú sabes que no tienes la culpa de nada, tú ni tan siquiera sabías quien era hasta el día de la vista, el único culpable de dejar a una niña sin padre, a una mujer sin marido y de quitarle un hijo a una madre es él.

- Por qué dices eso.

- Es muy sencillo Susan, si Julio no os hubiera atacada ni a ti, ni a Lilia ni a la anciana no pasaría nada de esto. Además, aunque no tenemos pruebas, creemos que también es responsable de dos agresiones más en unos pueblos también cercanos.

- Hay más.

- Pues parece que sí, ya lleva algún tiempo haciéndolo, debe pagar por lo que ha hecho, además piensa en una cosa.

- En que

- No lo hagas solo por ti, piensa que mientras esté en libertad va a seguir haciéndolo, va a hacerle más daño a otras mujeres, y eso no lo podemos consentir porque en cierto modo seríamos culpables.

- No, más mujeres no pueden pasar por lo mismo.

- Entonces no podemos retirar la denuncia, habrá que seguir adelante con todo.

- Pero, aunque yo retire la mía quedan la de la anciana y la de Lilia.

- Susan, cuantas más denuncias hayan más fácil le condenarán.

- Pero tú dijiste que había pruebas suficientes para que lo condenen.

- Y así es, hay pruebas más que suficientes, pero cuantas más denuncias hayan más años le caerán de pena.

- Pero no creo que una más o una menos vaya a cambiar algo.

- No son lo mismo quince años que veinte.

- Ya pero…

- Piénsalo de esta manera, cuanto más tiempo esté en prisión más tiempo estarán y más mujeres estarán a salvo. Por favor, relájate y no me pidas que retire la denuncia.

- Pero yo no quiero ser el verdugo de nadie.

- Tú no serás el verdugo de nadie, tú eres una de las víctimas.

- Y por qué no me siento como una víctima sino como el verdugo que corta la cabeza al culpable. Además, y si no es él, esa mujer se va a quedar sola.

- Ya está bien, deja de pensar en los demás y piensa en ti, tú has sido la que sufrió la agresión más cruel, y la que en cierto modo mejor lo ha llevado, has tirado para delante de tu familia, olvídate de los demás y deja que la justicia se haga cargo de esto. Tú simplemente dedícate a vivir y lo que es más importante aún, intenta olvidar.

- No soy capaz de olvidar por mucho que lo intento.

- Date tiempo, y siempre que alguien te diga algo de eso ignóralo y si insiste, tienes mi teléfono me llamas y yo me encargará de que te dejen en paz. Te lo prometo.

- Está bien...

- Confía en mí, no te fallaré.

- Está bien, confiaré en usted, pero por favor no me falles.

Después de esto Susan se fue, aunque en su corazón seguía pensando que se estaba volviendo en el verdugo de esta historia, pero realmente no podía hacer nada, así que, no le quedaría más que serlo.

CAPITULO 24- EL JUICIO PARTE 1

Llegó el día del juicio, Susan, Leila y la anciana no podían creer que llegara este momento, la anciana y Leila lo estaban deseando pero Susan, ella ya no sabía lo que realmente quería.

Como no tenían que declarar Leila y la anciana no se presentaron al juicio, no querían ni verle a la cara, pero en cambio Susan quiso asistir al juicio como oyente, necesitaba oír todas las declaraciones, necesitaba estar segura y escucharlo todo, saberlo todo, conocer todas las pruebas, para ver si así al menos conseguía dejar de sentirse un verdugo.

Era la hora, comienza el juicio, el fiscal llama a declarar al científico forense. Antes de comenzar las preguntas le toman juramento.

- Jura decir la verdad, toda la verdad, y nada más que la verdad.

- Lo juro.

Después del juramente el fiscal comienza las preguntas.

- Puede decirnos a que se dedica

- Mi profesión es ser científico forense

- Y exactamente en que consiste

- Bien, para que lo entienda, me encargo de analizar las muestras de ADN encontradas en los crimines y compararlas con las que se consideran muestras de los sospechosos.

- Bien, una vez aclarado esto, las muestras recopiladas en los crimines y comparadas con las muestras del sospechoso que conclusión ha llegado.

- Una vez echas todos las pruebas tengo la certeza de que la muestra de ADN recogida en el escenario de la agresión de la anciana es exactamente igual a la muestra del sospechoso.

- Está completamente seguro

- Sí, completamente seguro.

- No hay ninguna pregunta más (dijo el científico)

- Señor abogado defensor tiene alguna pregunta. (Preguntó el juez)

- No señor juez, no tengo ninguna pregunta.

- Muy bien, entonces puede usted retirarse. (Le dijo el juez al científico) Bien ahora señor fiscal llame a su siguiente testigo.

- Bien, llamó a declarar al especialista en telecomunicaciones Sebastián.

Sebastián subió al estrado y le tomaron juramento.

- Jura decir la verdad, toda la verdad y nada más que la verdad.

- Lo juro.

Una vez le tomaron declaración el fiscal comenzó con las preguntas.

- Buenos días Sebastián.

- Buenos días.

- Tiene claro que está bajo juramento y que tiene que decir la verdad.

- Si, lo tengo claro.

- Bien, cuál es su profesión.

- Bien, soy el experto en telecomunicaciones de la policía.

- Y en que consiste su profesión.

- Bien soy el encargado de buscar todas las pruebas en los teléfonos de las víctimas y de los sospechosos.

- Que tipo de pruebas.

- Analizo los GPS para ver la localización exacta de los teléfonos, y si no utilizó la triangulación para su localización.

- Bien, sabiendo esto me puede decir con certeza donde se localizaba el sospechoso en los días de las agresiones.

- El día de la agresión de la señorita Lilia el teléfono estuvo apagado durante todo el día, el día de la agresión de Susan también estuvo apagado todo el día, pero el día de la agresión a la anciana el teléfono estuvo operativo a menos de dos kilómetros del lugar de los hechos.

- Puede asegurar lo que ha dicho.

- Al cien por cien.

- Señor juez, no tengo más preguntas.

- Señor abogado defensor tiene alguna pregunta.

- Sí.

- Muy bien, adelante.

- Buenos días señor Sebastián

- Buenos días.

- Una pregunta, porque cree usted que curiosamente el teléfono del sospechoso estuvo apagado en dos de los casos y no lo estuvo en el de la anciana.

- Yo eso no lo sé.

- Pero si sabe dónde se encontraba

- Después de la triangulación del teléfono del sospechoso estoy seguro de lo que he declarado con anterioridad.

- No hay ninguna posibilidad de error.

- No, ninguna.

- Bien, señor juez, no tengo ninguna otra pregunta.

- Bien, Sebastián puede usted retirarse.

- Señor fiscal, tiene algún testigo más al que llamar.

-Si

- Adelante

- Llamo al estrado al médico forense encargado del caso Julián.

Julián subió al estrado y le tomaron declaración.

- Jura solemnemente decir la verdad y toda la verdad y nada más que la verdad.

- Sí lo juro

Después de juramento el fiscal comenzó con las preguntas.

- Buenos días Julián

- Buenos días.

- Podría decirnos a que se dedica

- Bien, soy el médico forense de la ciudad.

- Y exactamente qué es lo que haces.

- Bien, me encargo de examinar los cuerpos de las víctimas y analizar todas las pruebas.

- Que tipo de pruebas

- Bien en cada caso hay pruebas diferentes. En este caso hemos recogido restos de ADN que el científico forense ha analizado y después hemos hecho un estudio del modo soperandi del sospechoso.

- Bien y que han descubierto

- Que en los tres casos existía una pauta concreta

- Explíquese

- Bien en todos los casos utilizó cosas que tenía a su alcance, además buscó siempre que las víctimas estuvieran solas dando a entender que sabía las rutinas, o bien por conocerlas o por haberlas vigilado durante días, en todos los casos les echó algún liquido por encima con la intención de borrar cualquier prueba.

- Si tuviera que decir un porcentaje de certeza, cual sería.

- Bien, sería un noventa y cinco por ciento.

- No es el cien por cien.

- Nunca podría decir el cien por cien ya que nadie es perfecto.

- Buena respuesta.

- Señor juez, no tengo ninguna pregunta más.

- Bien, señor abogado defensor tiene usted alguna pregunta

- No su señoría, no tengo ninguna pregunta.

- Bien, señor puede usted retirarse. Señor fiscal tiene algún testigo más que llamar.

- En principio no su señoría.

- Bien, entonces haremos un receso hasta mañana. Mañana el abogado defensor comenzará a llamar a sus testigos. Retírense.

Todos comenzaron a salir y Susan cabizbaja se retiró sin saber que pensar.

Llegó el día siguiente, y la segunda parte del juicio comenzaba. El abogado defensor comenzó a llamar a sus testigos.

- Como testigo principal de la defensa voy a llamar a María la mujer del acusado.

- María jura decir toda la verdad y nada más que la verdad.

- Lo juro.

- Bien, usted es la mujer del acusado? (pregunta el abogado defensor)

- Si soy yo.

- Donde se encontraba su marido en las fechas de los acontecimientos de los que se le acusa.

- Estaba conmigo.

- En las tres fechas.

- Si.

- Incluso garantiza que estaba con usted la noche de los autos.

- Sí.

- Señoría no tengo ninguna otra pregunta.

- Fiscal, tiene usted alguna pregunta.

- Sí, señoría.

-María, una pregunta si como usted dice su marido estaba con usted la noche de lo sucedido con la señora como explica el hecho del que el teléfono de su marido se encontrara cerca de la casa de la víctima.

- Yo doy por supuesto que tuvo que ser un error del gps.

- Entiendo, y otra cosa su marido no se pudo marchar de casa mientras usted estaba durmiendo.

- No porque yo me enteraría, tengo un sueño muy ligero.

- Tan ligero?

- Si tengo un sueño muy ligero, cualquier ruido me enteraría.

- Bueno señoría, no tengo más preguntas.

- Muy bien señora María, puede usted retirarse.

- Abogado defensor tiene algún testigo más.

- Me gustaría llamar a declarar a uno de los compañeros de trabajo del acusado.

- Muy bien.

- Llamo a declarar a Luis.

- Luis jura decir toda la verdad, y nada más que la verdad.

- Sí lo juro.

- Hola Luis, usted conoce al acusado.

- Sí, es compañero de trabajo de hace años.

- Entonces podemos decir que usted lo conoce bien.

- Sí.

- Usted cree que el acusado es capaz de hacer de lo que se le acusa.

- Por supuesto que no, es una persona amable y buena, es imposible que hiciera ninguna de esas barbaridades.

- Bien señoría, no tengo más preguntas.

- Fiscal alguna pregunta.

- Sí señoría.

- Señor Luis, usted nos acaba de decir su opinión respecto del acusado, pero, usted estaba con él en el momento de alguno de los sucesos.

- No.

- Bien señoría, no tengo más preguntas.

- Puede usted retirarse señor Luis. Tiene algún testigo más abogado defensor.

- No señoría, no tengo más testigos.

- Bien, entonces para dar por finalizado el juicio daremos paso a los alegatos de los abogados. Comenzaremos por el alegato del abogado defensor.

- Bien, poca cosa debo decir, el acusado es conocido como un hombre de bien, bueno, atento, buen padre y buen esposo, y como bien declaró su mujer bajo juramento estaba con ella en los momentos de los sucesos resultando imposible que fuera él. Con esto termino.

- Bien, es su turno fiscal.

- Vamos haya, si soy sincera poco tengo que decir, las pruebas han hablado más que suficiente durante el juicio, para mí está muy claro que el acusado es culpable de las tres agresiones, sin ningún tipo de duda razonable. No tengo nada más que decir su señoría.

- Bien ahora necesito un tiempo para deliberar.

El juez se retiró mientras Susan estaba sentada viendo todo lo que sucedía y el acusado no dejaba de mirar para ella, ella no sabía lo que pensar ni lo que sentir. Pero simplemente tenía que esperar. Unos minutos más tarde el juez salió y...

- Una vez revisadas todas las pruebas, escuchado a todos los testigos y las alegaciones de los abogados he decidido declarar culpable al acusado por el último de los casos, el de la señora, respecto de los otros no considero que haya pruebas suficientes. En unos días recibirán la sentencia definitiva.

Tras escuchar al juez todos se fueron y Susan ya no entendía nada.

212

CAPITULO 26- CONCLUSIÓN.

Una vez que todo acabó, Susan se fue para su casa con una sensación de vacio, desolación, por un lado estaba contenta por la señora porque ella había recibido justicia pero por el otro lado ella no.

Por un lado estaba sufriendo porque nadie iba a ser acusada por lo que le habían hecho, ella no recibiría justicia, pero por el otro lado se sentía tan culpable de todo lo sucedido, se seguía sintiendo sucia, y no tenía muy claro que nadie tuviera que ser castigada por culpa de ella, ni que ninguna niña tuviera que quedarse sin padre por culpa de ella. Era algo muy complicado, muy difícil de explicar, Susan tenía claro que jamás iba a poder olvidar lo sucedido, tendría que aprender a vivir con ello.

214

www.ingramcontent.com/pod-product-compliance
Lightning Source LLC
Chambersburg PA
CBHW061519120726
48001CB00004B/1364